Afra

Heinrich Hansjakob

Impressum

Autor: Heinrich Hansjakob
Umschlagkonzept: toepferschumann, Berlin

Verlag: tredition GmbH, Hamburg
ISBN: 978-3-8424-0550-9
Printed in Germany

1.

Auf wunderschöner Waldeshöhe, ringsum bewacht von den düstern Bergkuppen des oberen Kinzigtals, steht eine Kultur-Oase mitten im Waldmeer, der Fohrengrund genannt. Auf ihr erhebt sich zauberhaft eine einsame, malerische Hütte. Sie gehörte vor fünfzig Jahren einem Kleinbauern, dem auf den grünen Matten um die Hütte das Gras wuchs, um damit zwei Kühlein und ein »junges Stück« zu füttern, und der auf den mageren Aeckerlein unter derselben die Kartoffeln und das Korn pflanzte für seinen und seiner Familie Unterhalt.

Der Wald ob der Kutte war sein und gab ihm die Mittel an die Hand, Bargeld zu bekommen, um sich und die Seinen kleiden, Steuer und Umlage zahlen und an Sonn- und Feiertagen drunten im Tal bisweilen einen Schoppen trinken zu können. Einmal im Jahre trieb er auch ein Stück Vieh zu Markt und brachte so »ein Geld« heim.

Er stammte aus dem Tal drunten, hatte in den dreißiger Jahren des 19. Jahrhunderts mit seinem Weib die wunderbare Hütte erheiratet und ward fortan nach seinem Vornamen genannt »der Fohrengrund-Xaveri«.

Es waren ihm und seinem Weib, der Franziska, im stillen Laufe der Zeit zwei Meidle groß geworden. Sie hießen mit gar schönen und passenden Namen Afra und Maria Eva.

Die Meidle im Kinzigtale, namentlich um Hasle rum, wo im Dorfe Mühlenbach Sankt Afra Patronin ist, tragen nicht ungern den Namen dieser Heiligen. Sie war bekanntlich in ihrer Jugend eine Sünderin der Art, wie Frauen sündigen, und später, allerdings noch in ihrer Blütezeit, eine Märtyrin und heilige Gottes.

Ihre Schutzkinder im Kinzigtal, die »Oferle«, sind meist lustige, lebensfrohe Meidle, denen später auch ein Martyrium blüht, das Martyrium der Mühen, der Sorgen, der Kümmernisse und der Heimsuchungen, wie es auf dieser armen Erde kaum einem Sterblichen erspart bleibt.

Afer und Afra sind überhaupt alle Menschen: jung – fröhlich, leichten Sinnes und gar oft gottvergessen, im späteren Alter aber Märtyrer in irgend einer Art.

So ging's auch der Afra im Fohrengrund. Ihr Martyrium muß Mitleid bei jedem erregen, der davon erfährt.

Und auch Eva ist stets ein rechter und echter Name für Wibervölker, unter denen gar selten eine lebt, die keine Eva ist mit all' den Fehlern der Stammutter, und was sie Gutes haben und genießen, diese Wibervölker, ihr Ansehen in der Welt und ihre spärlichen Tugenden, verdanken sie Maria, der zweiten Eva, der Mutter des Erlösers.

Maria ist also der schönste und passendste Frauenname.

Drum haben in Anbetracht all' dessen die Väter und Mütter der vergangenen Jahrhunderte so gerne, wie das Landvolk es jetzt noch tut, ihre Töchter Maria Eva genannt.

Die Afra und die Mariev im Fohrengrund hatten einsame Tage auf ihrer Waldhöhe. Im Winter besonders, wo die Föhren und die Tannen ringsum unter der Schneelast ächzten und der Schnee so gewaltig auf der Erde lag, daß sie nicht einmal an Sonntagen hinabkamen in die Dorfkirche – im Winter hatten sie keine Spinnstuben-Abende und konnten nirgends hin mit ihren Spinnrädern »z' Liacht goh«.

Zwar lag zehn Minuten von ihrer Hütte weg eine andere im Walde; aber die Leute dort und selbst ihre Tochter waren scheue, unnachbarliche Menschen, die am liebsten allein blieben. Und eine halbe Stunde weiter oben in einer Waldecke standen die »Waldhäusle«; aber dort gab's lauter Buben, denn die Meidle waren fort im Dienst.

Buben gehören zwar auch in die Spinnstuben, aber da in den Waldhäusln keine Meidle waren, hatten die des Xaveri keine Ausrede, um mit dem Spinnrad zu Buben zu kommen.

So saßen denn zur Winterszeit des Fohrengrund-Xaveris Weib und ihre Meidle allein beim Spinnen.

Es war eines Winterabends um den Dreikönigstag des Jahres 1860. Der angezündete Holzspan stand auf einem Stock in der Mitte der Stube und erleuchtete diese matt. Um den mit Wasser gefüllten Kübel, in welchen des Spans verbrannte Reste zischend fielen, saßen die Wibervölker und spannen, während der Xaveri auf der Ofenbank seine Pfeife rauchte. Da fing die Afra also zu reden an:

»Meinet ou Muatter, i han gestert, wo i ous der Vesper heim bei (bin), a schös Liad g'lehret. Im Löchle beim Löchlebaur sin Meidle gsei, ousm Tös, vom Reiblisberg, vom Fräulisberg und ousm Dachsloch. Die sind alle bei oanander gsei und hant Liader g'sunge. Und eine, 's Töse Ammrei, die im Untertal dienet hot, hot a ganz neu's Liad g'sunge und des hau i g'lehret.«[1]

»Loset (höret), Muatter, i will des Liad singe.«

»'s ist mir nit singerig ums Herz,« meinte die Alte, »aber wenn's ein schönes, christliches Lied ist, kannst du's singen, du kommst dann selbst einmal auf andere Gedanken.«

»'s ist ein ganz fromm's Lied, Mutter,« fiel die Mariev ein, »d' Afra hat mir's gestern abend noch vorg'sunge in der Kammer droben.«

»Also sing's,« sprach spöttisch der Xaveri, seine Pfeife einen Augenblick aus dem Mund nehmend; »deine Mutter hat noch nie gesungen, so lang ich sie hab', heringegen kann sie um so besser schelten. Wenn sie singen könnt', wie schelten, wär' sie die größte Sängerin auf der Welt.«

»Halt dei Moul, Alter,« keifte die Franziska, »wenn du a Frau hättest, die nit schimpfet, du hättest schon lang kein ganz Hemd mehr am Leib.«

»Sing, Oferle, sing!« lachte der Xaveri, »sonst geht der Teufel wieder los, wie am letzten Märkt, wo i z' Schilte gsei bei und a Räuschle heimtrage hau.«

Jetzt fiel die Afra ein und sang:

Am Montag, da fängt die Woche wieder an,
Da wollen's wir den lieben Gott im Herzen han.

---

[1] Die oberen Kinzigtäler reden mehr schwäbisch, wie hier die Afra, die unteren alemannisch. Ich lasse in dieser Erzählung absichtlich die Leute abwechselnd Dialekt und hochdeutsch reden.

»Des war recht,« fuhr die Mutter dazwischen, »wenn du einmal anfingest, Gott im Herzen zu han, aber du hast immer andere Dinge drin, nichtsnutzige. Sing weiter!«

> Am Dienstag ist dem heiligen Antonius sein' Bitt',
> O heiliger Antonius, verlaß uns doch nit!

»Du kommst mir grad' recht mit der Bitt'!« schrie jetzt die alte Franziska. »Jetzt weiß i, warum du das Lied so schnell 'könnt hast. Dein Kerle, der Wilderer, heißt Toni, und du betest jedenfalls zum heiligen Antonius, daß er dir den Toni lasse. Ich hab' jetzt schon g'nug singen g'hört. Hör' auf! Wenn i an die G'schicht denk', steigt mir Gift und Gall in den Kopf!« »Aber du bist heut doch nicht recht aufeinander, Alte,« lachte wieder der Xaveri von der Ofenbank her.

»Halt dei Moul, Alter, und geh' ins Bett, dei Pfeif' ist ausg'raucht. Du verdirbst die Meidle immer und bist ihre Stütze gegen mich, 's war' g'scheiter, du tatst dei'm Weib helfen, statt den Kindern.«

»Und du,« gab der Xaveri mit Humor zurück, »du solltest dich als die fromme Person, die du sein willst, schämen, den heiligen Antonius und den Toni aus dem Hirschgrund zusammenzustellen.«

»Doch, ihr Meidle, laßt 's Singen bleiben heut' abend und für immer. D' Mutter versteht kein G'spaß und kein Ernst. D' Uhr zeigt schon acht vorbei, der Span ist am Abbrennen und mein Pfeifle am Ausgehen. I will noch mit der Latern umzünden im Stall, dann geh'n wir alle zur Ruh.«

»Du kannst allerdings schlafen wie ein Dachs,« bemerkte das Weib, ihr Spinnrad vom Licht wegtragend und in eine Ecke beim Ofen stellend. »Aber ich kann nit schlafen vor lauter Gram über die Ofer mit ihrem Kerle.«

»Guat Nacht, schlofet g'sund.« sprachen die Meidle und gingen schweigend und schüchtern zur Stube hinaus und ohne Licht durch den finstern Hausgang die hölzerne Treppe hinauf in ihre Kammer.

Der Xaveri klopfte seinen hölzernen Pfeifenkopf aus und sprach trocken und ruhig: »Ich will jetzt schlafen wie ein Dachs, und du wachst, Alte, und machst Kalender.«

»Und du machst dann die Jahrmärkt dazu: denn du weißt am besten, wenn d' Jahrmarkt sind z' Schilte drunte und z' Alpirsbach drobe,« keifte sein Weib.

»Jo, jo,« lachte der Xaveri, »die mach' ich dir gern. Geh' jetzt nur in d' Stubekammer, Alte, i komm gleich nach, i will nur noch mit der Latern durchs Häusle laufe.«

Als der Xaveri zurückkam von seiner Feuerschau und in die Schlafkammer trat, fing sein Weib wieder an: »Und i leid's halt nit mit dem Wilderer!«

»Und i leid's ou nit,« gab der Mann ruhig zur Antwort, damit sein Weib endlich schweigen möchte.

»Wenn du's nit leid'st, dann mußt dem Meidle au nit helfe,« kreischte die Alte.

»Ich helf' ihm ou nimmer von morgen an, Alte, aber jetzt guat Nacht,« schloß der Xaveri und legte sich auf seinen Laubsack.

»Jo, du hilfst mir bis morgen früh, und dann steckst dir bei Pfeif' an und gohscht in Wald und haltst 's Moul.«

Der Xaveri gab keine Antwort mehr, denn er wußte, daß sein Weib, wie alle Weiber, das letzte Wort haben müsse.

Nach kaum zwei Minuten schnarchte Papa Xaveri den Schlaf des Gerechten, während sein Weib noch pustete und nestete, bald lauter, bald stiller vor sich hinmurmelnd.

Die Meidle fanden ihre Kammer vom Mondlicht beleuchtet, das mild und kalt durch die kleinen Schiebfensterchen guckte.

»Mach' ou's Schieberle zu,« sagte die Mariev zur Afra, deren Lager dem Fenster zunächst stand.

»Ich will aber z'erst noch nousgucke,« meinte die Afra, »ob der Toni nit um den Weg isch.«

»I glaub, daß er im Wald isch, i hau in der Stube drunten schieße g'höret, und wenn d' Muatter nit a bißele taub wär' und der Vater nit alle Fenster mit Moos verstopft hätt', hätten beide es höre müsse,« antwortete die Mariev, welche wie üblich ihrer Schwester beistand in der Hoffnung auf Gegendienst, wenn sie einmal einen »Kerle« hätte.

Die Afra streckte den Kopf zum Schiebfensterle hinaus und schaute scharf, aber sie merkte nichts davon, wie wunderbare Nacht es draußen war. Der Mond stand in vollem Glanze und in seiner ganzen stillen Majestät über der Schneefläche im Fohrengrund, und es glitzerte über dem Schnee wie Millionen zuckender Sternlein. Die Föhren und die Tannen rings um die Oase neigten im Nachtwind leise, wie betende Riesenelfen, ihre schneeigen Wipfel, und wie ewige Ruhe lag's über der ganzen Natur, selten unterbrochen vom Ruf eines Käuzchens oder dem Bellen eines Fuchses.

»Dort drunten, wo der große Loche[2] steht, sitzt eine schwarze Gestalt,« flüsterte die Afra, den Kopf aus der Fensteröffnung ziehend. »Das könnt' der Toni sein, denn wenn's Vollmond ist, geht er gern in Wald, und der Schuß vorhin kam sicher von ihm.«

Jetzt guckte die Mariev und glaubte auch, er sei's. »Los (höre), Oferle,« rief sie, »er singt. Aber wir wollen jetzt ins Bett, er könnt' uns merken und kommen und dann die Mutter doch was hören.«

Sie schloß schnell das Fensterle.

Der Toni aber, der schon einen Rehbock erlegt und ihn beim Lochen hingeworfen hatte, um auszuruhen, ehe er seine Beute weiter trug, sang vergnügt und furchtlos das Lied, das er angefangen:

Abends, wenn die Sternlein spielen,
Bei dem hellen Mondenschein
Muß ich durch den Wald hin stiegeln
Und zum Anstand fertig sein.

Muß noch auf dem Wechsel stehen,
Wo das Wildbret tut hergehen;
Muß mich allda finden ein
Und zum Anstand fertig sein.

Will es mir zu dunkel werden,
Such' ich mir ein' Bauershütt',
Leg' mich nieder auf die Erden,
Habe Ruh', doch schlaf ich nit.

---

[2] Markstein.

Ruhe, wo man liebt und lebet,
Wo man Treuheit sieht und übt
Und um meine Liebe bittet,
Nimm mein Herz, ich schlafe nit.

Wenn der Tag sich wieder zeiget,
Zieh' ich wieder hin ins Feld,
Wo das Wildbret vor mir schleichet
Und sich scheu und flüchtig stellt.

Da empfind't mein Herz Vergnügen,
Wenn ich kann das Wild betrügen,
Daß mir's in die Arme fällt,
Ob es gleich sich flüchtig stellt.

Er wußte, im Fohrengrund sei er sicher zu dieser Stund', drum sang er ziemlich laut sein Lied. Dann erhob er sich, band dem Rehbock die Läufe zusammen, hing ihn über die Schultern und verschwand im Wald bergab.

Während die Meidle in der Hütte schlafen und der Toni auf dem Heimweg ist, will ich anfangen was zu erzählen.

2.

Es war im Vorsommer, der dem Winter vorausging, in welchem das spielte, was wir eben gehört. Die Kirschen hatten gerade verblüht, was sie auf der winterlichen Höhe des Föhrengrunds erst um Johanni tun. Das Gras in den von einer kleinen Bergquelle berieselten Matten des Fohrengrund-Xaveri war schnittreif.

Der Vater hatte dem Oferle eines Abends den Auftrag gegeben, morgen in aller Frühe das erste Gras zu mähen. Er habe keine Zeit, meinte der Xaveri, er müsse in Wald, sonst werde er mit dem Zurichten des Holzes nicht fertig, bis der Holzhändler Trick von Alpirsbach es kaufen und auf der Kinzig »verflöße« wolle.

Die Meidle im Fohrengrund konnten jede männliche Feldarbeit, also auch »mejen«.

Das Oferle fuhr ums Morgenrot hinab auf die Matte am westlichen Waldrand mit einem Handkarren, auf dem die Sense lag.

Der Morgentau glänzte in unzähligen Perlen auf Gras und Blumen, und es war drum gut mähen. Dichte »Schoren« lagen bald am Boden, und das Oferle begann den Karren zu laden.

Eben war es damit zu Ende und wollte mit einem Seil die »Fahrt« einbinden, als es plötzlich im Wald singen hörte:

> Es wollt' ein Mädchen grasen,
> Wohl grasen im grünen Klee;
> Da kam ein stolzer Jäger,
> Wollt' jagen auf der Höh' –

und hinter dem Singen drein ein junger Bursche mit einem Stutzer erschien. Er trug die Bauerntracht des oberen Kinzigtals: lederne Kniehosen, kurze Rohrstiefel, blaue Strümpfe, schwarzen Kittel, grüne Weste und runden Filzhut, der über einem frischen, bartlosen Gesichte saß.

Das Oferle erschrak heftig, und der Jäger rief: »Guate Morge, Meidli, scho früh am Grasen!«

»Du häst mi ou verschrecket,« antwortete das Meidli, »I kenn di gar nit. Ein Häs treist,[3] wie ein Obertäler, aber ous unsrem Kirchspiel bist nit, sonst müßt' i di kenne.«

»I bin ousm Kirchspiel von St. Roman, Meidli, und kenn' di ou nit, aber g'falle tust mir doch.«

»I heiß Oferle und g'hör dem Xaveri im Fohrengrund, dort drübe steht unser Hous.«

»Und i heiß Toni und wohn' im Hirschgrund im Heubach drüben. I komm aber 's erstemal do herouf.«

»Was schaffst da oben mit deinem G'wehr?« fragte das Meidli.

»Dir will i's sage, denn es hot no kei Meidli an Wildschütz verrote. I will schaue, ob's do obe keine Reh und keine Hase geit:[4] 's isch bei uns drüben nimmer koscher. Der Förster, der Fürst vom Teufelstein, geht unsereinem z' stark auf d' Socke.«

»Du bist also ein Wilderer? Das seien aber, so hat der Vater schon erzählt, verwegene Leute, die manchmal erschossen würden.«

»'s isch was dran,« entgegnete der Toni. »Aber i mein', wir könnten ou sitze zu unserem G'spräch. I sitz auf den Loche da und du auf deinen Graskarren, und dann erzähl' i dir was vom Wildern, denn du g'fallst mir, bist ein gar soubers Meidli.«

Ein sauberes Mädchen war das Oferle; klein, aber fein, mit blauen Augen, vornehm gebogener Nase, was bei Landleuten selten, und ihre Lippen und ihre Wangen waren so schön rot, wie die Vogelbeeren im November.

»Und no was sagt die Mutter von den Wilderern,« fuhr das Oferle zu reden fort, nachdem es sich auf seinen Karren aufs Gras geseht hatte; »sie seien Leute, die ihre Arbeit versäumen und im Wald und in den Wirtshäusern herumziehen, statt zu schaffen.«

»Du bist der erst von der Sorte, den ich sehe, aber du schaust mir nit so aus, wie einer von denen, wie Vater und Mutter sie meinen.«

---

[3] trägst.

[4] gibt.

»Des freut mi,« lachte der Toni, welcher, in der Linken sein Gewehr haltend und die Rechte auf den Lederhosen ruhen lassend, auf dem Lochen saß und nun dem Oferle erzählte:

»Im Hirschgrund scheint die Sonne nur vierzehn Tage im Jahr, in der höchsten Sommerszeit, und da wächst kaum das Gras für einige Geißen. Drum waren die Leute im Hirschgrund allzeit Holzmacher. Ein Holzmacher sieht aber gar viele Rehe an der Atzung. Wenn er nun am Morgen in Wald und am Abend heimgeht, so ladet er gerne eins oder das andere ein, mitzugehen.«

»Mein Großvater hat gesagt, was im Wald, im Wasser und in der Luft lebe, gehöre allen Menschen, und drum hat er gewildert, so gut er konnte. Und in jenen Zeiten, wo noch die Waldungen in unserer Gegend den Klosterfrauen von Wittichen gehörten, da hat die Aebtissin beide Ohren zugedrückt, wenn sie hörte, es habe ein Bauersmann ein Reh oder einen Hirsch geschossen. Seit die fürstenbergischen Jäger die Wälder unter sich haben, ist's schon gefährlicher, aber auch pläsierlicher.«

»Du kannst dir nicht vorstellen, Meidle, was das eine Freude ist, heimlicherweise am Morgen vor Sonnenaufgang im Wald herumzustreifen, ehe die Vögel aufwachen, und am Abend, wenn sie eingeschlafen sind, auf dem Anstand stehen und warten, bis die Rehe und Füchse wechseln. Das ist ein größeres Vergnügen, als zum Tanz gehen oder zur Kirchweih oder auf den Jahrmarkt.«

»Und unter Tags liegst dann im Bett und schläfst?« fragte das Oferle.

»Schlafen? – nein, am Morgen, wenn i heim komm aus dem Wald, geht's wieder in Wald und wird Holz g'macht den ganzen Tag. Ist die Arbeit im Wald vorbei, so geht's ans Floßmachen, und ist der Floz fertig, so geht's am Bach hinunter in die Kinzig und hinab bis unter die Mauern von Straßburg in den Rhein.« »Dem Toni im Hirschgrund geht die Arbeit nie aus, und das Jagen treibt er im Sommer nur, wenn er sich eine besondere Freud' machen will, und zur Winterszeit, wenn die Bäche gefroren sind.«

»Du bist also doch ein braver Bursch und kein Faulenzer, wie die Mutter die Wildschützen nennt.«

»Des freut mi, Meidle, daß du mir glaubst.«

»Aber jetzt muß i heimfahre,« meinte das Oferle, »d' Sonne guckt
scho über den Schornwald, und um fünfe steht d' Mehlsupp' auf
dem Tisch, und d' Muatter zanket, wenn i nit daheim bin. I tat dich
gern einladen zum Morgenesse, hast doch g'wiß noch nichts warm's
g'hot heut, aber i fürcht' d' Muatter; sie kann d' Wildschütze nit
leiden.«

»I dank dir, Meidle, mein Morgenessen hab' i in mei'm Kittel, a
Budele Chriesewasser und Speck, des isch besser als die best' Mehlsupp'. Aber das Lied will i dir noch singen zum Abschied, das i
eben ang'fangen hab', als i zu dir kommen bin, 's paßt auch auf deine Mutter. I kann alle Jägerlieder noch vom Großvater her, und heut
kann i laut singen, der Fürst vom Teufelstein liegt im Bett und isch
krank.«

> Es wollt' ein Mädchen grasen,
> Wohl grasen im grünen Klee;
> Da kam ein stolzer Jäger,
> Wollt' jagen auf der Höh'.
>
> Er breitet seinen Mantel hin
> Wohl auf das grüne Gras
> Und bat das schwarzbraune Mädchen,
> Bis daß es zu ihm saß.
>
> Ach Gott, ich darf nit ruhen,
> Ich hab' ja noch kein Gras,
> Ich hab' ein zänkisch Mütterle,
> Die zankt mich alle Tag.
>
> Hast du ein zänkisch Mütterle,
> Die dich zankt alle Tag,
> So sagst, du hätt'st dich g'schnitte,
> Dei' Fingerle halber ab.
>
> Ach Gott, ich darf nit lügen,
> Das steht mir gar nicht an;
> Viel lieber will ich sagen:
> Der Jäger hab's getan.

Ach Mutter, liebste Mutter,
Geb' sie mir einen Rat;
Es lauft mir alle Morgen
Ein stolzer Jäger nach.

Ach Tochter, liebste Tochter,
Den Rat, den geb' ich dir:
Laß du den Jäger fahren,
Bleib noch ein Jahr bei mir.

Ach Mutter, liebste Mutter,
Der Rat, der ist nicht gut;
Der Jäger ist mir lieber
Als all' mein Hab und Gut.

»So, jetzt hab' i dir eins g'sungen,« schloß der Jäger und erhob sich. Das Oferle aber lächelte unter Tränen über das schöne Lied.

»I hab' drunten im Wald ein Reh liegen, das will i mit Laub decken, bis die Nacht wieder kommt und i es hole. Und jetzt behüt di Gott, Schatz, und wenn du wieder Gras holst, kommen wir vielleicht wieder z'sammen.« Mit diesen Worten reichte der Bursche dem Oferle die Rechte.

Das Meidli hielt des Wildschützen Hand in der seinen und fragte: »Kommst übermorgen nit ouf den Peter- und Paulimärkt nach Schilte? I komm ou nunter und mei Schwester, die Mariev.«

»I geh nit oft ouf die Jahrmärkt', an diesen Tagen ist unsereiner am ungestörtesten im Wald, aber dir z' lieb komm' i. Wo kehret ihr ein?«

»Wir sitzet gewöhnlich im Engel.«

»Also im Engel z' Schilte, wenn wir uns nit vorher auf dem Markt treffe,« antwortet der Toni, drückt dem Oferle nochmals die Hand, springt in den Wald und singt:

He, he, he,
Hirsch und Reh
Droben ich von ferne seh;
Eins davon,

Weiß ich schon,
Wird mir bald zum Lohn.

Hu, hu, hu,
Drum schau ich zu,
Daß ich ja nicht fehlen tu.
Puff und Knall,
Daß es schall',
Daß das Rehlein fall'.

Das Oferle, schon in den »Landen« seines Graskarrens stehend, lauschte ihm noch nach. Dann fuhr es davon. Drunten vom Tal herauf läutete es. Die Sonne glitzerte in den Tautropfen des Grases, die Vögel jubilierten rings um den Fohrengrund, das Oferle allein fuhr nachdenkend und mäuschenstill über den grünen Weg der Hütte zu.

3.

Am Peter- und Paulstag ist alljährlich in Schilte ein vielbesuchter Jahrmarkt. Die Schiltacher und ihre nächsten Nachbarn, die Lehengerichter, sind protestantisch, haben also keinen Grund, an einem katholischen Feiertag keinen Jahrmarkt zu halten, und die vielen Katholiken ringsum versäumen keine Zeit, wenn sie am Nachmittag den »Peter- und Paulimärkt« zu Schilte besuchen.

Die Schiltacher sind noch keine hundert Jahre badisch und waren vorher Jahrhunderte lang gut württembergisch. Die Herzoge von Teck, dieses alte schwäbische Geschlecht, saßen ja auf der Burg über Schilte.

Drum sind die Schiltacher heute noch in Sprache und in angeborener Schlauheit und Findigkeit gut schwäbisch. Schwäbisch und dumm paßt aber nicht zusammen. Das bekannte Wort von den »dummen Schwaben« ist das dümmste Schlagwort, so es je gegeben hat. Unsere Nachbarn, die schwäbischen Württemberger, stehen in alleweg früher auf, als wir allzeit redseligen und maulfertigen »Badenser«.

Drum haben die schlauen, altschwäbischen Schiltacher alle ihre Jahrmärkte auf katholische Feiertage verlegt, wohl wissend, daß die katholischen Völker der Umgegend an solchen Tagen am besten Zeit und Lust haben, einen Ausflug nach Schilte zu machen.

Und so spielen sich die Märkte hier ab an Josefi, an Peter und Paul und an Maria Geburt.

»Sommerszeit die Menschen freut,« drum ziehen sie am liebsten, die Leute des oberen Kinzigtals, an Peter und Pauli z' Markt uf Schilte.

Und wer mag sie alle zählen, die Buren und Bürinnen und die jungen Völker, die am hellen, heißen Sommernachmittag dorthin wallen – aus dem Heuwich, aus dem Kaltbrunn, aus Wittichen, aus Bergzell, von St. Roman, von Halbmeil, von Lehengericht, von Schenkenzell und von all' den Bergen und aus allen Höfen, die in diesen Gebieten liegen?

Es war ein besonders warmer Sommertag, der Peter- und Paulstag des Jahres 1859. Draußen in der großen Welt war Krieg- und Kriegsgeschrei, während die Landleute des oberen Kinzigtales fröhlich und friedlich gen Schilte zogen.

Doch sprachen die Männer auch vom Krieg. Soldaten aus der Gegend hatten einrücken müssen und die Badischen mobil gemacht.

In Italien waren die entscheidenden Schlachten schon geschlagen.

Von Schenkenzell her wanderte eine Gruppe Bauern in kurzen, schwarzen Tuchschoben, ledernen Kniehosen, blauen Strümpfen und hohen Stiefeln das Tal herunter Schilte zu.

Unter ihnen war der Vogt von Bergzell, Gruber, den ich noch wohl gekannt.

»Was meint ihr ou vom Krieg, Vogt?« fragte einer der Bauern im Weiterschreiten, während sonnenbeglänzt die alte Ruine Schenkenzell auf sie herabschaute.

»Vom Krieg mein' i,« antwortete der Gefragte, »daß er bald ein End hat. Die Oestreicher haben, wie der ›;Schwarzwälder‹ gebracht hat, zwei große Schlachten verloren, bei Magenta und Solferino. Und helfe will ihnen kein Mensch, die Preuße nit und die Badische ou nit. No werd's bald ous sei.«

»Aber die Oestreicher verlieret ou älleweil,« äußerte der Bühlbur von Schenkenzell, »und d' Franzose g'winnet älleweil.«

»'s isch vor fufzig Jahr scho so gsei,« gab der Vogt zurück. »Der alt Napoliun hot älleweil g'siegt und der neu' macht's ou a so, aber z'letzt hot der alt' Napoliun doch auf d' Hose kriagt,[5] und dem neue wird's am End ou so gau!«

»Doch komm's, wie's will, wir Baure müsset's[6] nehme, wia's kummt, 's isch alleweil so gsei. Wir Baure müsset d' Leut' und 's Geld stelle, wenn die große Herre miteinander kriege.«

Hinter den Bauern her, die so und ähnlich vom Krieg sprachen und eben über die Kinzigbrücke schritten – kamen langsam zwei Meidle des gleichen Wegs.

---

[5] bekommen.

[6] müssen's.

Sie waren vom Fohrengrund herab auf die Talstraße gekommen und wandelten, wie viele vor und hinter ihnen, dem Peter- und Paulimärkt zu.

Sie hatten sich in vollen Putz gesteckt, denn einmal war's Feiertag, und dann gingen sie z' Märkt. In allen Farben, vom hellsten Rot bis zum tiefsten Blau, prangten die Meidle.

Eben, als sie bei der Brücke angelangt waren, steuerte von ferne ein Bursche, der aus dem Heubacher Tal gekommen, von der Flußseite her der Brücke zu.

»Dort unten kommt der Wildschütz, Mariev,« sprach leise das Oferle. »'s isch, wie wenn's sein müßt, daß er jetzt g'rad daher kommt.«

Die Mariev wußte längst, um was und wen es sich handle bei dem Worte Wildschütz, denn das Oferle hatte ihr gleich nach jener Begegnung mit dem Toni im Walde alles erzählt, auch daß sie einander treffen sollten auf dem Peter- und Paulimärkt.

»Des isch aber ein netter Bursch, der Wildschütz,« meinte die Mariev, an der Kinzig hinabschauend. »Jetzt wollen wir aber langsamer gehen, damit er uns einholt.«

»Nei,« gab das Oferle zurück, »wir laufen, als ob wir ihn nicht gesehen und nicht erkannt hätten. Wenn ihm was daran liegt und er noch denkt, was er im Wald g'seit hot, dann wild er schon machen, daß er uns trifft.«

Ohne weiter umzuschauen, schritten die Meidle über die Brücke.

Kaum hatten sie diese aber hinter sich, als der Toni sie einholte und, dem Oferle die Hand reichend, sprach: »Grüß Gott! So des isch ou schön, daß du Wort haltest und ouf den Paulimärkt kommst!«

»Des isch g'wiß dei Schwester?«

Als das Oferle dies bejahte, gab er auch der Mariev die Rechte mit den Worten: »Ou grüß Gott! Du wirst scho wisse, wo i und 's Oferle anander troffe haunt. Aber ouf'm Märkt darf ma's nit sage.«

»I weiß scho älles,« antwortete lächelnd und leise die Mariev. »Ou des weiß i, daß ma d' Wildschütze nit verrote soll.«

»Jetzt bleib i aber bei euch,« fuhr der Toni fort. »Z'erst wollen wir krome, und dann gehen wir zum Tanz. I muß Wetzstein' koufe, der Heuwet (Heuernte) kummt, und i soll dem Aeckerbur drobe helfe meje.«

»Und ihr zwei, was wollet ihr krome?«

»I will a rots Zeugle kaufe zume Rock,« antwortet das Oferle, »und i a rote Wulle zu Strümpfen,« die Mariev. »Und der Vater,« fuhr sie fort, »hot g'seit, i soll ihm ou a Mailänder Wetzstein bringe. Den könnt ihr mir koufe helfe.«

»Und der Muatter soll i a Strohhut bringe und ou a neue Reche zum Heuwen.«

Die Schiltacher sind nicht bloß schlau in bezug auf den Tag ihrer Märkte, indem sie dieselben auf katholische Feiertage verlegen, sondern auch noch in anderer Art.

Sie begnügen sich damit, die katholischen Landleute in ihr Städtchen gelockt zu haben, und überlassen sie dann den Wirten und Krämern, während sie selbst den täglichen Arbeiten in Feld und Werkstatt nachgehen. Mit Vorliebe führen sie ihr Heu und ihren Reps ein am Peter- und Paulimärkt, und die katholischen Marktbesucher müssen oft in den Straßen von Schilte den Heuwägen Platz machen.

»Dia donderschlächtige Schiltacher,« flucht dann manch ein katholischer Bur, »nit g'nug, daß sie Markt halten an unseren Feiertagen, sie machet ei'm nit amol Platz, wenn ma in ihr Städtle kummt.«

Doch es kommen auch protestantische Landleute an dem Markttag nach Schilte, vorab die jungen Völker aus dem vorderen und hinteren Lehengericht, die an diesem Markt auch lieber tanzen, als »heuwen«.

Sie sind zweifellos die feinsten Erscheinungen auf dem Marktplatz, die jungen Lehengerichter in ihrer dunkelblauen, hellgrün verbrämten Volkstracht, mir die liebste von all den schönen Volkstrachten des Kinzigtales.

Die besten Geschäfte machen am Paulimarkt z' Schilte die Wetzstein- und die Strohhuthändler. Die Wetzsteine verkauft der Bürsten-Marx von Hasle, die Strohhüte bringen Flechterinnen von Aichhalden, dem nahen schwäbisch-württembergischen Bergdorf. Für die Meidle von Lehengericht haben sie die weißen Hüte gar schön verziert und garniert mit schwarzem Geflecht.

Der dicke Bürsten-Marx von Hasle ist der Nachfolger des Bürsten-Engel meiner Knabenzeit, der, wenn er auf den Märkten des Tales feil hielt, immer rief: »Bürste un Hoor d'ra, wer's nit glaubt, der griff d'ra!«

Der Bürsten-Marx macht in Schilte mit seinen Mailänder Wetzsteinen, die altberühmt sind bei den Buren im Tale, die besten Geschäfte auch deswegen, weil er aus dem Obertal stammt, aus dem Kaltbrunn, und die Buren alle kennt.

Doch hat der Marx Konkurrenz bekommen. Da steht unfern von ihm ein fremder Schleifsteinhändler, ein redegewandter Mann, um den sich die Buren und Bürinnen und die Völker drängen, so wie sie auf dem Marktplatz angekommen sind.

Er ruft: »Hierher, meine Herrschaften, die ihr mähen und heuen wollt! Hier sind die besten Wetzsteine der Welt, sie kommen lebendig aus dem Bruch und haben 30 Prozent Magnet oder Anziehungskraft. Wenn man mit diesen Steinen, die schneidig sind wie Gift, schleifen tut, ist das Mähen das reinste Kinderspiel!«

Hierauf bestreicht er eine alte Sense mit einem Stein und schneidet vor den Augen seiner Zuhörer einen Bogen Papier in Stücke.

Jetzt langen die Buren in ihre kurzen Lederhosen und kaufen von den Steinen, die viel billiger sind, als die Mailänder.

Der Toni kauft zwei und rät der Mariev, für den Vater auch einen zu nehmen. Aber die will nicht, sie muß einen Mailänder haben, die kennt der Xaveri und ist sie g'wohnt. Sie meint deshalb: »I trau mir nit, an andere als a Mailänder heimz'bringe.«

Drum gehen sie weiter, und der Toni liest ihr einen feinen Mailänder aus beim Bürsten-Marx.

Da ruft dem Toni der »rot' Hans«, der früher Knecht war und jetzt Jahrmarktkrämer ist. Er hat manchen Holländerstamm fällen helfen im Hirschgrund und kennt den Toni, der ihm ein »paar Zigarren« abkauft.

Als sie beim Hafner-Arnold vorbeikommen, der seine zerbrechlichen Waren auf dem Boden ausgestellt hat, fällt dem Oferle ein, daß die Mutter ihr aufgetragen habe, eine irdene Suppenschüssel zu bringen.

Sie kauft eine, aber der Hafner muß sie ihr aufheben, bis sie heimgeht.

Dort ist der Stand vom Schramberger Zeugleweber; dem steuern die drei zu, und der schlaue Württemberger begrüßt sie mit den Worten: »So, do kommt g'wiß a Hochzeitspärle. Welles isch ou d' Hochzeitere? D' Wahl tut oim weh, 's isch oine so schön, als die ander. Un a soubre Bursch isch ou dabei. Jetzt, wo gilt's und was möchtet ihr gern?«

»Keine von is isch a Hochzeitere,« gab das Oferle zurück. »Wir hont den Toni bloß troffe vor der Brück' droußel«

»Was nit isch, kann noch werde,« meinte der Zeugleweber, und der Toni nickte lächelnd dazu.

Das Oferle aber kaufte ein rotes Zeugle zu einem Rock, und dann ging's weiter.

Dort an der Ecke steht ein Kirschenhändler. Er hat die ersten von Hasle heraufgebracht, und Kirschen sind am Peter- und Paulimärkt was ganz neues für die Obertäler.

Der Toni erbietet sich, den Meidle, die staunend auf die roten Dinger schauen, solche zu kaufen. Doch sollten sie dieselben mit heimnehmen, denn jetzt wollten sie zusammen den Durst löschen bei der Hitz, meinte er, und »ein Bier« trinken beim »Fritz in der Gaß«.

»Aber wir könnet die Chriesen doch nit im Schurz mitnehmen ins Bierhaus und dann zum Tanz in Engel?« sprach die Mariev.

»Die bringen wir dem Hafner-Arnold und legen sie in die Suppenschüssel bis z' Obed, und morn essen wir sie zum Andenken an den Toni,« war Oferles Ansicht, die einstimmig gebilligt wurde.

Der Toni ließ zwei Pfund Chriesen wägen, schöne, saftige, hellrote »Weißbäckler«, die Mariev trug sie zurück in die Suppenschüssel und eilte dann den andern nach zum »Fritz in der Gaß«.

Beim Fritz in der Gaß z' Schilte trinken die Obertäler gern ihr Bier. Da sitzt der alte Fritz zu ihnen, gibt ihnen eine Prise aus einer Riesendose und erzählt von Amerika, wo er lange gewesen.

In einer Ecke der Bierstube, über welcher ein Bild des Königs Gambrinus hängt, sitzen drei Meidle aus dem St. Romanschen. Sie sehen den Toni, der in ihre Pfarrei gehört, mit zwei fremden Meidlen.

Die eine äußerte: »Schout, der Toni ous dem Hirschgrund hot zwei Tänzerne, die i nit kenn'. Der kunnt ou überall rum.«

Die zweite sprach darauf: »Ma weißt scho, daß der Toni a Wildschütz isch, drum kennt er d' Meidle ouf alle Berge.«

»Mi dunkt's,« nahm die dritte das Wort, »die Meidle seien ous Bergzell. I moin, die Schwarz hätt' i schon g'sehe beim Fest in St. Roman und z' Wittiche ouf der Wallfahrt.«

Indes hat der Toni die Sprecherinnen auch erblickt. Er nimmt seinen Schoppen, geht zu ihnen, bringt's ihnen zu und frägt: »So, seid ihr ou z' Märkt? Was hont ihr kromet? Oder seid ihr bloß zum Tanze komme?«

Jede trinkt vom Toni, und die heiterste von ihnen, die Walburg aus der Trillen, antwortet ihm dann: »Wir hont Strohhüt kromet und Reche, der Heuwet goht an. Und zuam Tanz könnet wir nit, wir hont keine Tänzer. Du, Toni, hosch, scheint mir, Meidle kromet und kannst keine mehr brouche, sonst müßtest mich mitnehmen in Engel.«

»Der Toni ous dem Hirschgrund nimmt euch alle drei mit,« entgegnet lachend der Wildschütz. »Er kann auch mit fünf Meidlen tanze. Die zwei, so mit mir gekommen, sind über dem Kaibach drobe daheim. Hab' die eine kennen gelernt bei einem Spaziergang in den Wald und sie eingeladen zum heutigen Tanz. Die ander' ist ihre Schwester.«

»Ma weißt scho, was der Toni für Spaziergäng macht in Wald,« erwiderte die Walburg schelmisch. »Und im Wald geit's ällerlei für Vögel.«

»Du kannst gut sticheln, Walburg,« meinte der Toni und lud die Meidle nochmals ein, in Engel zu kommen, er tanze dann mit jedem der fünf Wibervölker gleich oft. Er sei noch ganz ledig, sein Herz noch nicht verkauft, und heimbegleiten müsse er am Abend sie, die drei, doch, weil sie den gleichen Weg hätten.

»Nei, nei, Toni,« nahm jetzt die Karolin aus dem hintern Heuwich das Wort. »Heut' vergönne wir dir die Meidle ousm Kaibach nit. Wir müsse zeitig heim. Wenn wieder einmal Tanz isch z' St. Roman im Adler, dann gilt's uns.«

Dem Oferle war's ganz warm geworden, als der Toni so lang mit den Meidlen in der Ecke verkehrte. Diese reichten ihm jetzt zum Abschied jede ihr Glas zum Trinken, und der Toni meinte im Weggehen: »Ihr b'sinnt eu g'wiß no anders, dann kommet ihr doch no in Engel.«

»Do kannst lang warte, Toni,« schloß die Walburg, »bis wir komme und im Engel z' Schilte feil stehen, bis ein Tänzer kunnt. Do kehren wir heut' abend lieber no im Auerhahn ein im Heuwich. Dort sitzt der Aeckerbur mit seine Flözer, die wolle morgen an Floz durch den Bach lassen, und die treffen wir sicher, wenn's is ums Tanze isch, und der Schultoni spielt ouf mit der Harmonika.« –

Eine halbe Stunde später war der Toni mit dem Oferle und der Mariev im Engel, die drei andern Meidle aber auf der Kinzigbrücke dem Heuwich zu.

Sie walzten und stampften schon, die ländlichen Paare, und die bunten Kleider und farbigen Bänder an den Trachten der Meidle zogen wie Kaleidoskope an den Augen der Zuschauer vorbei, als der Toni mit seinen Damen im Engel ankam.

Alsbald drehte auch er sich mit dem Oferle in dem dröhnenden Kreisel, dem Staubwolken entstiegen, so dick, wie der Rauch, der von den Kaminen der alten Häuser von Schilte vor Mittagszeit gen Himmel zieht.

Die Mariev hatte ein Bursche aus der Aichhalden »engagiert«, und so kam auch sie zu ihrem schweißtreibenden Vergnügen.

Zwischen hinein bekamen die ländlichen Damen Süßigkeiten, d. h. die Tänzer kauften ihnen Lebkuchen, die von einem alten Weible am Eingang zum Tanzboden feil gehalten wurden. Schilte hat zwei »Zuckerbäcker« bis auf den heutigen Tag. Der »Lehbäck« und der

»Schmiedi-Bäck« versorgen die Jahrmarktgäste mit Lebkuchen und »Guts«.

Die Fiedel ächzte und die Klarinette krächzte, so toll mußten die Musikanten dem nimmersatten Volke aufspielen.

Machten sie einmal eine Pause, so warf ihnen der Toni einen Sechsbätzner hin und rief: »Einen ›Extra‹ für mich!« Dann tanzte er allein mit dem Oferle, um es so zu ehren; und das Oferle war stolz in seinem Heizen, denn einen Extra hatte noch keiner mit ihm getanzt.

Die Burschen und die Knechte aber sahen scheel auf den Toni ob seines vielen Geldes und ob seines Großtuns, und des Hermenazis-Bure Andres meinte: »Der hat gut Extra spielen lassen, er schießt heut' nacht wieder einen Rehbock im Lehenwald, und dann hat er sein Geld wieder. Der verdient mehr mit dem Jagen, als wir mit Schinden und Schaffen.«

»Und seine Tänzerin, das Oferle,« nahm ein Bursche vom Dachsloch das Wort, »die hat er auch beim Jagen gefunden: sie wohnt im Fohrengrund, mitten im Wald.«

»Aber sagen darfst nichts, Andres, vom Wildern, sonst rennt er dir ein Messer in Leib. Der Toni ist wild wie ein Löb, wenn er gehänselt wird, aber sonst der best' Kerle von der Welt.«

»Doch lumpen lassen wir uns nit,« meinte der Andres, »wir müßten uns schämen vor unseren Meidlen. Wir tanzen jeder auch einen Extra.«

Und bald gab's nur noch Extras auf dem Tanzboden zur Freude der Musikanten, die dabei am meisten Geld verdienten.

Endlich brach der Toni ab. Das Oferle drängte heim – der Mutter wegen. Auch die anderen gaben Ruh, und alles ging in die Wirtsstube hinab, um, wie es üblich ist, die Tänzerinnen zu regalieren »mit Bröte und Salat«.

»Soviel auf einmal, wie heut', hab' i meiner Lebtag nit getanzt,« sprach das Oferle, sich den Schweiß abtrocknend und am Arm des Toni in die Stube wandelnd.

»Du mußt auch wissen, wenn du mit dem Toni aus dem Hirschgrund getanzt hast,« antwortete der und rief der Kellnerin zu: »Eine Botell' vom Besten und Bröte und Salat für drei.«

Schon schaute der Abend durch die dunklen Gassen von Schilte. Die Sonne verklärte im Scheiden nur noch die hoch über dem Städtle gelegenen Ruinen der einstigen Burg der Herzoge von Teck – als das Oferle und die Mariev sich zum Heimgehen anschickten.

Sie hatten Angst vor der Mutter, die eine böse Sieben war und den Meidlen jedesmal, so oft sie auswärts gingen, mit Aussperren drohte, wenn sie zu spät heimkämen.

»Aber singen muß der Toni noch eins, ehe er aufbricht und euch begleitet!« rief des Hermenazis-Bure Andres, der am gleichen Tisch saß.

»Ja, singen muß er!« riefen alle Burschen. »Der Toni hat noch immer eins gesungen, ehe er vom Tanz heimging, und ist der beste Sänger im Tal.«

»No, sing schnell eins!« bat das Oferle, welches nicht verriet, daß es den Toni schon einmal im Wald habe singen hören.

»I sing' eins,« sprach der Toni, »'s isch nit kurz, aber schön und neu. Des sing'i und dann gaut's heimzua.«

> Es wollt' ein Jäger jagen,
> So sagt' er.
> Es wollt' ein Jäger jagen
> Drei Stunden vor dem Tagen
> Im Walde hin und her.
> Einen Hirschen, einen Hasen und ein Reh,
> So sagt' er.
> Er grüßt das Mädchen seine;
> Was tut sie so alleine
> Wohl in dem Wald so früh?
>
> Ich will mir pflücken Rosen,
> So sagt' sie.
> Ich will mir pflücken Rosen,

Wir wollen beide kosen
Wohl in dem Wald so früh.

Ich kann vor meinen Hunden nicht,
So sagt' er.
Ich kann vor meinen Hunden nicht,
Bleib' sie nur, Schönste, wer sie ist,
Wohl in dem Wald so früh.

Laß er die Hunde laufen,
So sagt' sie.
Laß er die Hunde laufen,
Wir wollen sie verkaufen
Wohl in dem Wald so früh.

Ich kann vor meinen Hasen nicht,
So sagt' er.
Ich kann vor meinen Hasen nicht,
Bleib' sie nur, Schönste, wer sie ist,
Wohl in dem Wald so früh.

Laß er die Hasen schmausen,
So sagt sie.
Laß er die Hasen schmausen,
Es sind ja mehr als tausend
Wohl in dem Wald so früh.
Ich kann vor meinem Pferde nicht,
So sagt' er.
Ich kann vor meinem Pferde nicht,
Bleib' sie nur, Schönste, wer sie ist,
Wohl in dem Wald so früh.

Laß er das Pferd doch stehen,
So sagt' sie.
Laß er das Pferd doch stehen,
Wir beide wollen gehen
Wohl in dem Wald so früh.

Ich kann vor meinen Sporen nicht,
So sagt' er.
Ich kann vor meinen Sporen nicht,
Bleib' sie nur, Schönste, wer sie ist,
Wohl in dem Wald so früh.

Laß er die Sporen klingen,
So sagt sie.
Laß er die Sporen klingen,
Wir beide wollen singen
Wohl in dem Wald so früh.

Alles lobte den Toni ob des schönen, neuen Liedes und seiner schönen Stimme. Das Oferle strahlte. Des Hermenazis-Bure Andres meinte: »Aber jetzt noch eins, Toni! Du allein kannst Lieder singen, die wir nicht kennen!«

»Nei, nei,« mahnte das Oferle, das sich schon vom Tisch erhoben hatte, »wir müssen heim. Bin aber nicht dawider, wenn der Toni noch dableibt.«

Die letzten Worte waren ihr natürlich nicht ernst.

»Noch eins zum Abschied, Toni!« rief der Andres.

»Da habt ihr noch eins, ein ganz kurzes,« sprach der Toni und sang stehend:

Meidle, hast dei Bettle g'macht?
»Nei, i hab's vergesse.«
Bist denn du die ganze Nacht
Bei dem Jäger g'sesse?

Wenn du willst den Jäger habe,
Mußt du grüne Schühle trage;
Grüne Schühle, Silberschnalle
Tun dem Jäger wohl gefalle.
Juchhe!

»Und jetzt guat Nacht, kommt guat heim mit euere Tänzerne,« schloß der Toni und ging mit seinen zwei Meidle von dannen.

Draußen aber auf der Gasse war's düster und menschenleer. Die Krämer waren bei Laternenschein schon wieder am Einpacken ihrer Waren. An ihren Ständen zeigten sich nur vereinzelt noch Schiltacher, die untertags wegen der Feldarbeit keine Zeit gehabt hatten zum Kromen.

Die Mariev holte die Schüssel mit den Kirschen beim Hafner, und hinaus ging's über die Brücke in den lauen Abend hinein.

Der Weg an der Kinzig hinauf war einsam. Die meisten Marktbesucher aus dem oberen Tal hatten ihn schon passiert.

Bis zum Tannenhof gab der Toni der Mariev und dem Oferle das Geleit, dann ging er wieder zurück bis zur Brücke vor Schilte und dem Hirschgrund zu.

Beim Abschied hatte er versprochen, bald wieder einmal »ums Haus zu streichen im Wald droben,« das Oferle ihn aber gebeten, ja vorsichtig zu sein, damit die Mutter nichts merke, sonst wäre sie des Lebens nimmer sicher.

»Ich treff' dich wieder beim Grasen in aller Herrgottsfrüh,« tröstete der Toni. »Es stehen noch ein paar stolze Rehböcke im Fohrengrund. Von denen muß noch einer mein werden.« –

Und er kam bald und kam oft, der Toni, und die »böse« Mutter, die Frenz, half wider Willen, daß die Afra und der Toni sich trafen »wohl in dem Wald so früh«.

Sie hielt sich einige Hühner um die Hütte, und die Hühner waren ihr ans Herz gewachsen, aber dem »Hennevogel«, der morgens über den »Schornwald« her geflogen kam und die Hütte schreiend umkreiste, auch.

Es gibt bekanntlich nichts Erfinderischeres auf Erden als zwei Verliebte, die gerne beisammen wären, aber Hindernisse im Wege liegen sehen.

So kam es, daß der Toni, welcher alle Vögel im Singen und Schreien nachmachen konnte, als Hühnerweih sich ankündigte, wenn er am Morgen oder am Abend um die Hütte im Wald streifte.

Sobald dann des Xaveris Weib, in der Küche oder im Stall beschäftigt, den Hennevogel hörte, rief sie: »Ihr Meidle, der Hennevogel isch drouße, gang eins nous und verscheuch ihn!«

»Der kaibe Vogel muaß sei Nest im Wald habe, daß er so oft schreit. Suchet, daß ihr's Nest findet.«

Das Oferle ging dann regelmäßig in den Wald, um den Hennevogel zu verscheuchen oder sein Nest zu suchen.

So verging der Sommer und der Herbst kam, der Hennevogel ließ immer noch seine Stimme hören, ohne Hühner zu holen; denn das Oferle hielt getreulich Wacht, und die Mariev half dabei.

Endlich bekam die Alte den Vogel einmal zu sehen, und das geschah also: An Sonn- und Feiertagen blieb, wie es auf einsamen Höfen und Hütten Sitte ist, nie »eines« allein daheim, wenn die andern ins Dorf hinab zur Kirche gingen. Entweder hüteten der Vater und ein Meidle oder die Mutter und das andere Meidle das Haus.

Das Oferle hütete am liebsten mit dem Vater, denn der Xaveri hörte nit gut; er saß den ganzen Morgen über in der Stube und las in einem alten Gebetbuch, oder er rauchte auf der Ofenbank sein Pfeifle.

Es ging schon dem Spätherbst zu, und es war Sonntag. Ueber Berg und Tal lag ein kaltes Nebelmeer, und an den Tannen setzte sich der erste Duft an.

Die Mutter und die Mariev waren hinabgegangen ins Tal zum Gottesdienst. Die erstere klagte, daß der wüst' Nebel ihr so zusetze auf der Brust und sie immer husten müsse und es fast nit erschnaufen könne.

Schon halb am Berg drunten, beim »Löchlebühl«, wird's der Mutter so übel, daß sie umkehren muß. Sie spricht zur Tochter: »Geh' du allein in d' Kirch, Mariev, ich muß heim. Ich kann's fast nicht mehr erschnaufen, und es fröstelt mich dazu. Schon zweimal hab' ich die Lungenentzündung gehabt, ich will sie nit wieder holen. Ich geh' heim und sitz' an warmen Ofen. Bet' du für mich in der Kirche.«

Langsam und von Zeit zu Zeit stehen bleibend und Atem holend keuchte des Xaveris Weib wieder bergan. Es läutete eben zur Wandlung in der Dorfkirch' drunten, als sie endlich ihrer Hütte sich wieder nahte.

In der Küche aber sitzt der Toni beim Oferle, und dieses meint, die Glocke vom Tal herauf zu dem offenen Fensterchen herein vernehmend: »Du kannst schon noch eine halbe Stunde bei mir bleiben, es läutet erst die Wandlung.«

Beide bekreuzen sich, und der Toni hat seinen Hut abgenommen, bis die Glocke verstummt.

»Horch! Da hustet jemand,« sprach der Toni.

Das Oferle schaut zum Küchenfenster hinaus, wird totenbleich und ruft voll Schrecken: »D' Muatter kunnt, lauf, Toni!«

Mit einem Satz ist der Toni aus der Küche, mit einem zweiten vor der Hütte und mit einem dritten im Wald. Aber ehe er diesen erreicht, hat ihn die alte Franziska erspäht.

Jetzt verläßt sie plötzlich der Husten. Wie eine Junge eilt sie ins Haus und in die Küche und fällt über das innerlich zitternde, äußerlich aber mit der unschuldigsten Miene der Welt mit dem Kochlöffel in der Gerstensuppe rührende Oferle her.

»Was für ein Kerl ist das gewesen, der eben in Wald g'sprungen ist?« schreit atemlos die Mutter.

»Muatter,« antwortet ganz ruhig das Oferle, »'s isch a Bursch gsei, der ins Haus komme isch und Feuer verlangt hot für sei Pfeife. Er hot Zundel und Feuerstein vergesse, wo er dehoim fort isch, hot er g'seit.«

»Warum ist er denn fortg'sprunge, wo i komme bei, und warum hot er kein Feuer beim Vater g'holt, der hot Zundel und Feuerstein?« kreischte die Alte.

»Er hot die glühende Kohle g'seha, wo er an der Küch' vorbei isch. Drum isch er nit in d'Stube nei. Und i hab' ihm selber g'seit: ›;Spring, was de kannst, mei Muatter kunnt, die tuat wüast, wenn sie an Burscht bei mir sieht‹«

»Wo isch er denn her, der Kerle?« fragte die Mutter, schon milder gestimmt; »daß er fremd ist, hab' i gleich g'sehen.«

»Er sei, wie er sagt, aus dem Hirschgrund im Heuwich,« erwiderte das Oferle, welches froh war, daß der Toni seine Flinte im Wald versteckt hatte, als er in die Hütte ging, so daß die Mutter ihn nicht mit der verdächtigen Waffe gesehen.

»Was schafft er aber am Sonntag Morgen, wo ein jeder Christenmensch, der kann, in die Kirche geht, do oben in unserm Wald?«

»Er hot g'seit, er wolle einen Gang machen ins Schwobaländle 'nüber, nach Röthenberg, und der nächste Weg führe do durch.«

Das erste Gewitter war vorüber. Die Mutter glaubte, was die Liebe dem Oferle auf die Zunge gelegt, und mit der Mahnung, ja keinen Burschen mehr ins Haus zu lassen am Sonntag, ohne dem Vater zu rufen, ging die Husterin in die Stube und fing an zu klagen, daß der Nebel sie heimgetrieben. –

Wir sehen, wie schlau und klug das Meidle in der Waldhütte sich aus der Gefahr gezogen. Die gleiche Schlauheit und erheuchelte Ruhe ist aber in ähnlichen Fällen allen Wibervölkern eigen, weil, wie ich anderwärts schon dargetan, alle über die gleichen Eigenschaften verfügen und jede jede Rolle zu spielen imstande ist, eine Kunst, die den Mannsleuten abgeht.

Es heirate heute ein Fabrikherr die armseligste Arbeiterin seiner Fabrik; in kurzem wird sie die Herrin und Dame zu spielen wissen, als ob sie von Geburt aus zu etwas Besserem bestimmt gewesen wäre.

Man mache aber einen Fabrikarbeiter zum Fabrikherrn, und man wird es ihm zeitlebens ansehen, daß er aus dem Proletariat stammt.

Aehnlich umgekehrt. Man lasse eine Dame von hohem Adel ins Proletariat hinabsinken, und sie wird hier ihre Rolle spielen, als ob sie darin aufgewachsen wäre. Einem König aber, der zum Bettler geworden, wird man es stets ansehen, daß er nicht Zeit seines Lebens Bettler gewesen.

Doch kommt diese Kunst, sich in jede Rolle zu finden, dem schönen Geschlecht von Natur aus zu und ist ihm deshalb auch weder zur Ehre, noch zur Schande anzurechnen. –

Am Nachmittag des Sonntags, an dem der Hennevogel aus dem Hirschgrund im Neste erwischt worden war, kam eine Bettlerin in die Waldhütte.

Sie war aus dem benachbarten Württemberg und über den Schornwald hergekommen, um ins Kinzigtal hinabzusteigen, wo sie ihrem Gewerbe nachzugehen pflegte.

Oft schon hatte sie in der Hütte des Xaveri angekehrt und »um der Gotts Wille« Atzung bekommen.

Heute, weil ein so wüster Nebel über Berg und Tal lag, kochte ihr die noch immer schwer atmende Franziska eine Schüssel voll warmer Milch und setzte sich zu ihr.

Die Meidle waren drunten im »Tannengrund« bei einer alten Base zu Besuch.

Ihre Mutter, im Geiste noch immer mit dem Burschen beschäftigt, der diesen Morgen in den Wald gesprungen, fragte die Bettlerin, ob sie auch drunten im Heuwich und im Hirschgrund bekannt wäre.

»Jo freile,« antwortete das Weib, »jedes Häusli, jedes Stegli und jedes Wegli kenn' i dort und jung und alt.«

»Gibt's im Hirschgrund,« fragte die Frenz weiter, »viele Burschen?«

»O nei, do geit's nur zwei Häusle und nur ein Burscht, des isch der Toni, den werdet ihr wohl kenne, er goht jo mit eurer Tochter; Afra heißt sie, glaub i.«

»Was, mit meiner Afra geht er? Was sagt ihr?« keuchte des Xaveris Weib.

»I weiß von nuits (nichts) anderem,« sprach ruhig das fremde Weib. »Am Peter- und Paulimärkt hoan i mit Lebkuache g'hausiert für de Lehbäck von Schilte, do hoan i beid' g'sehe beim Tanz im Engel und ouf'm Märkt!«

»Das ist mir das allerschönste, das allerneueste, was ihr mir do verzählet,« krächzte die Frenz. »Aber nit zehn Gulden nähm' i, wenn ihr mir nit die Neuigkeit gebracht hättet,«

»Aber ein rechter Burscht isch der Toni,« fuhr die Bettlerin fort, »schäffig, brav und lustig. Nur soll er gern wildern und Rehböck schießen.«

Sie trank nach diesen Worten den letzten Schluck ihrer Milch, steckte den Rest ihres Brotes in ihre Rocktasche und schied, nachdem sie ihrem Staunen Ausdruck gegeben, daß die Mutter nichts davon wisse, mit wem ihr Meidle gehe.

»Aber,« schloß die Bettlerin, »nehmet's eurem Meidle nit übel, daß es Bekanntschaft hot. Wir zwei sin ou jung gsei und hont Buabe gern g'sehe.«

»Schwätzet nit so dumm, sonst braucht ihr bei mir nimmer anzukehren,« schalt die Frenz ihr nach.

Kaum war sie im Wald verschwunden, dem Dorf zu, als von der andern Seite aus dem Tannengrund herauf das Oferle und die Mariev ihrem Heim zuschritten.

Daß die Bettlerin dem Oferle eine Hölle angezündet, davon hatten beide keine Ahnung. Und diese Hölle brannte schon lichterloh im Herzen der Mutter, ehe die Meidle des Vaters Hütte erreicht.

Die Frenz war ein kleines Weib mit starkem, blondem Haar, graublauen Augen und regelmäßigen Zügen. Aber zwei Dinge kennzeichneten sie für einen kundigen Beobachter als eine, mit der nicht gut Kirschen essen ist, wie das Sprichwort sagt.

Ihr Mund war lippenlos, und über dem dünnen Fleisch, welches die Lippen ersetzte, hatte sich ein Bärtchen gelagert, wie es in späteren Jahren manche Dame gerne heimsucht.

Frauen mit dünnen Lippen sind aber bekanntlich gemüt- und herzlos, und wenn über solchen Lippen gar noch männliche Bartspuren sich zeigen, so hat eine der Art ausstaffierte Evastochter, wie der Volksmund sagt, den Teufel im Leib.

Ein italienisches Sprichwort meint drum, eine bärtige Frau solle man mit Steinen grüßen, um sie sich vom Leib zu halten.

Von der Sorte also war die Mutter des Oferle, und das erklärt alles, was wir noch von ihr hören werden.

Daß sie nicht mit dem Küchenbesen die Meidle empfing, verdankten diese nur dem Umstand, daß sie denselben in der Aufregung nicht fand.

Wie ein Drache aber fiel sie über die Ankömmlinge her, vorab aber über das Oferle und dann über die Mariev als Hehlerin. Wie

Schwertstreiche sausten die Drohungen und Beschimpfungen von der Mutter Mund auf die Kinder nieder.

Lug und Trug und jede Schlechtigkeit ward ihnen zugesprochen. Der gute Xaveri trat auf den Lärm hin aus der Stube in die Küche, wo der Spektakel sich abspielte, und hörte einige Zeit still zu. Dann nahm er seine Pfeife aus dem Mund und meinte, er und die Frenz hätten ja auch Bekanntschaft gehabt, ehe sie heirateten, die Mutter solle doch nit so unsinnig tun. Aber er beschwor mit dieser Beschwichtigung ein wahres Hagelwetter von Komplimenten auch auf sein Haupt herab.

»Auch noch einen Wildschütz!« rief sein Weib immer wieder. »Einen Menschen, den man in die Zuchthäuser führt! Wildschützen sind zudem noch Tagdiebe und Faulenzer. So einer kommt mir nit ins Haus, so lang ich lebe. Und wenn noch einmal eins zum Tanz geht mit dem Kerle, so darf es die Schwelle des Hauses nimmer betreten. Am Sonntag muß von jetzt an die Afra mit mir in die Kirche und darf nie mehr mit dem Vater daheim bleiben.«

»Für heute,« so schloß sie, »soll mir das gottlose Meidle aus den Augen. Marsch, hinauf in deine Kammer, wenn dir dein Rücken lieb ist!«

Das Meidle folgte – stumm und still. An seinem Bette saß das Oferle, bis es Nacht wurde, und weinte und besann sich vergeblich, wer der Mutter alles möchte verraten haben.

Draußen vor dem kleinen Kammerfensterchen nickten die Tannen im Abendwind und schauten mitleidsvoll herein auf das unglückliche Meidle, das heute zum erstenmal im Leben die Erfahrung machte, daß Lieben leiden heißt.

4.

Der Herbst verging; der Winter kam. Statt des Hennevogels bellte in kalten Nächten der Fuchs in der Nähe der Waldhütte. Der Fuchs aber war gar oft der Toni.

Er war längst unterrichtet über die Stimmung der Mutter seines Oferle. Die Mariev hatte bald hernach an einem Sonntag daheim gehütet und dem Wildschützen gesagt, er möge sich ja nimmer im Hause sehen lassen, wenn ihm etwas am Wohl und Weh des Oferle gelegen sei.

Der Toni suchte nun zunächst Frieden zu machen mit der Alten. Eines schönen, hellen Sonntags vor Weihnachten ging er in die Dorfkirche, zu der die Waldhütte gehörte, und nicht nach St. Roman, wohin er eingepfarrt war und wo er dem Gottesdienst auch regelmäßig beiwohnte, wenn die Rehböcke ihn nicht davon abhielten.

Als die Leute sich nach der Kirche verliefen, ihren Gehöften zu, paßte der Toni auf. Die Mutter schickte das Oferle zum Krämer, um Salz zu holen.

Da trat der Toni an die Alte heran, grüßte sie und sprach: »I bin der Toni aus dem Hirschgrund und mein's ehrlich mit eurem Oferle; i will's heiraten.«

»Ein Wildschütz und ehrlich?« knirschte die Frenz. »Und einer, der am Sunntig Morgen statt in die Kirch' in Wald geht und zu de Meidle, wenn d' Mutter nit daheim, isch mir a soubere Ehrlicher! So lang i leb, kriagst (bekommst) du kei Meidle von mir. Schlag dir das nur aus dem Kopf und geh, du Wildschütz, du!«

Sie war dabei so laut geworden, die Frenz, daß die Leute, welche an beiden vorbeigingen, aufmerksam wurden. Drum brach der Toni ab und sprach bitter: »Behüet Gott, und i dank für den Spott.«

Von weitem hatte das Oferle den Toni, den es schon in der Kirche erspäht, von der Mutter weglaufen sehen, und es ahnte nichts Gutes.

Richtig keifte die Mutter auf dem ganzen Weg der Waldhütte zu über den frechen Wilderer, der von ihr ein Meidle wolle, aber nie bekomme. Das Oferle schwieg, aber in seinem Herzen antwortete eine Stimme: »Schwätz, was du witt, Muatter, den Toni laß i nit.«

So standen die Dinge zu der Zeit, da unsere Erzählung anfing mit jenem Singen des Oferle beim Spinnen am kalten Winterabend, während der Toni draußen im Schnee stand.

Die Frenz war ihm aber schon lange nicht mehr auf die Spur gekommen, und jener Ausbruch des Zorns, als das Oferle sang:

Am Dienstag ist dem heiligen Antonius sein Bitt',
O heiliger Antonius, verlaß uns doch nit! –

war der erste im neuen Jahre (1860) gewesen.

Bald darauf ging aber der Tanz aufs neue los. Man hatte den Leuten in der Waldhütte »das Säckle gestreckt.«

Das Säcklestrecken ist eine schöne Sitte, die meines Wissens nur im oberen Kinzigtal vorkommt und dort, was mich freut, bis zur Stuude geübt wird.

Wird irgendwo in einem Haus oder auf einem Hof zur Winterszeit ein Schwein geschlachtet, so erscheint am Abend ein Unbekannter und klopft mit einer Stange ans Fenster.

Ehe dieses sich öffnet, hat er die Stange am Fenster stehen lassen und sich etwas entfernt. An der Stange aber hängt ein Säckchen, in welchem sich ein Wecken und ein Brief befinden.

In diesem stehen, in der Regel gereimt, die Glückwünsche zum Schweinemetzgen und zur Metzelsuppe und die Bitte, in das Säckchen auch eine Gabe vom Schlachtfest zu legen. Bisweilen enthält der Brief aber auch persönliche Bemerkungen, Neckereien und Bosheiten.

Im ersteren Falle werden dem Gratulanten und Bittsteller Würste und ein Stück Fleisch in sein Säckchen getan, im letzteren, d. h. wenn der Brief Sticheleien und Bosheiten enthält, bekommt der Säcklestrecker Sägmehl, Rübschnitze und dergleichen.

Es gibt also zweierlei Säcklestrecker: solche, denen es nur um Würste und Schweinefleisch zu tun ist, und solche, die mit dem Säcklestrecken irgend eine kleine Bosheit, eine Rache ausüben, kritisieren und spotten wollen. Diese letzteren sind demnach eine Art »Haberfeldtreiber«.

Die Kunst und der Witz der Säcklestrecker besteht darin, möglichst unbeschrieen die Stange mit dem Säckchen wieder zu holen und damit fortzukommen, während das Hauptziel derer im Hause ist, den Säcklestrecker abzufangen.

Gelingt es, ihn einzufangen, so wird er ins Haus geführt und mit Metzelsuppe bewirtet. Es gibt darum einzelne, die sich gerne fangen lassen; andere jedoch setzen einen Stolz darein, heimlich zu entkommen. Die »Haberfeldtreiber« aber haben allen Grund, unerkannt zu entweichen.

In der Regel sind es zwei Burschen, die am Säcklestrecken sich beteiligen: Meidle aber dichten und schreiben vielfach die Verse, welche ihnen manchmal die Eifersucht diktiert. Der eine der Burschen stellt sich zunächst als Spion in die Nähe des »Schlachthauses« und gibt dem andern, der die Stange mit dem Säckle trägt, ein Zeichen, daß es geraten ist, sich dem Hause zu nähern.

Ist die Stange glücklich plaziert, so gehen beide auf die Lauer, bis das Säckle in die Stube gezogen und gefüllt wieder an die Stange gebunden ist. Jetzt gilt's, diese zu holen, ohne erwischt zu werden, denn im Hause ist alles, was laufen kann, auf den Beinen, um den Strecker zu fassen.

In der Regel gelingt aber diesem sein Streich, indem sein Kamerad Miene macht, die Stange zu holen, und ans Haus springt. Während nun Knechte und Buben diesem nachsehen, ergreift der andere die Stange und eilt davon.

Geht der Text des Briefes nur auf einen Anteil am geschlachteten Schwein, so lautet derselbe allermeist also:

Guten Abend, guten Abend
Ihr Mehelsuppen-Leut,
Heut' hat's geregnet anstatt geschneit,
Und das hat mich zum Säcklestrecken gefreut.

Ich hab' gehört, ihr habt geschlachtet ein fettes Schwein,
Und da möcht' ich auch ein wenig als Gast dabei sein.

Ich wünsche dem Hausvater Glück zum Speck,
Der Hausmutter aber Glück zum Fett,
Den andern allen einen guten Magen,
Daß sie Fett und Speck gut können vertragen.
Ich hab' gehört, euer Schwein war etwas klein,
Drum will ich mit meinen Wünschen bescheiden sein.
Auf eine Blutwurst werd' ich nicht können hoffen,
Das Blut ist euch ja alles davon geloffen.
Drum bitt' ich um eine Leberwurst,
Um zu vermehren meinen großen Durst.
Auch bitt' ich um eine Bratwurst,
Die dreimal um den Stubenofen herumgeht,
Dann zum Fenster hinaus in meinen Sack hinein;
Das mag schon eine tapfere Bratwurst sein.
Auch bitt' ich um ein Stückchen Rippach,[7] So lang, daß
ich dran kann steigen auf das Dach;
Auch ein Stückchen Hohrucken,
Daß ich kann übers Kamin nausgucken,
Ein Stückchen Speck
Zwischen Ohren und Wedel hinweg.

Und noch einen Schunken,
Dann will ich heimklunken.
Ich bitt', füllt mir mein Säckchen bald,
Denn es ist kalt und ich bin alt,
Da friert's mich bald.
Mein Name ist Moab Strömverle von drüwe rüwer;
Wenn mein Säckle g'füllt ist, geh' ich wieder nüwer.
Man nennt mich sonst Hans Keck,
Wer mir zu nah' kommt, den werf' ich in Dreck.
Das Datum hab' ich vergessen.
Weil mir die Mäus' den Kalender gefressen.

Berühmt als Säcklestrecker, die man nie erwischte, waren einst im Heuwich die uns schon bekannten Flözer, der Pfaffengregori und der Schultoni. –

---

[7] Rippächle heißen im Kinzigtal die Rippen der Schweine.

Also solch ein Säckle wurde eines Abends auch ans Xaveris Waldhütte gestreckt und zwar von den Buben in den »Waldhäuslen«, die es nicht gerne sahen, daß einer »aus der Fremde« die Meidle ihrer Nachbarschaft besuche. Darum war der obige übliche Text etwas verändert, und es hieß unter anderem:

> Drum bitt' ich um eine Leberwurst,
> Denn 's Oferles Toni hat viel Durst;
> Auch bitt' ich um eine Bratwurst, die geht vons Oferles
> Bis hinab zum Toni im Hirschgrund.[8] Laßt euer Oferle
> nit so viel in Wald laufen,
> Sonst müßt ihr bald gehen zur Taufen.

Die Säcklestrecker mußten, nachdem ihr Säckle in die Stube gezogen worden war, lange warten, bis von drinnen ein weiteres Lebenszeichen gegeben wurde.

Der Xaveri, sein Weib und die Meidle buchstabierten lange, bis sie den Brief gelesen, und dem Oferle erstarrte das Blut im Herzen, als die Stelle kam, in der von ihm die Rede war. »So war's zu meiner Zeit ou,« begann der Xaveri, als der Brief gelesen war, »man schrieb einander Spott und Schand zum G'spaß. Leg' eine Leberwurst ins Säckle, Alte, und laß die Kerle laufen. Mach gute Miene zum bösen Spiel, sonst kommt, wenn die ander Sau gemetzget wird, noch ein schlimmers Briefle.«

»Jetzt hast ou a mal recht, Xaveri,« gab seine Ehehälfte zurück. »Die Wurst sollen sie haben dafür, daß sie mir sagen, was ich für ein schlechtes Meidle im Haus habe. Aber so muß es kommen, wenn man der Mutter nicht folgt.«

Sie legte eine Wurst ins Säckle und band es an die Stange vor dem Fenster, wo es alsbald verschwand. Aber dann plagte sie das Oferle den ganzen Abend so lange, bis es weinend die Stube verließ und in seine Kammer ging.

---

[8] Mund

Hier stieg eine furchtbare Angst in dem Meidle auf, die Säckle-strecker könnten Propheten sein und ihm seine Schande voraussagen. Und so kam es.

Es ging dem armen Oferle, wie es in jenem alten Volksliede heißt:

> Es wollt' ein Jäger jagen
> Wohl in dem Tannenholz;
> Da trifft er auf dem Wege
> Ein Mädchen, und das war stolz.

> Wohin du schönes Mädchen,
> Wohin du Mädchen stolz?
> Ich geh' zu meinem Vater
> Wohl in das Tannenholz.

> Geh du zu deinem Vater
> Wohl in das Tannenholz,
> Deine Ehre sollst du lassen
> Bei einem Jäger stolz.

Ich kann und darf jetzt nicht mehr alles erzählen. Nur so viel will ich sagen, daß, als der Schnee geschmolzen war und die Drosseln schlugen im Wald, als die ersten gelben Schlüsselblumen aus dem Grase guckten vor der Waldhütte und alles fröhlich wurde im Frühlingssonnenschein, da ging das Leid des Oferle erst recht an.

Die Mutter wurde erbarmungslos, als sie erfahren, daß ihr Meidle »im Tannenholz einem Jäger stolz ihre Ehre gelassen« und Spott und Schand' auf sich und die Ihrigen gehäuft hatte.

Gar oft, wenn die immer und immer wiederkehrenden Ausbrüche des Zorns bei der Mutter losgingen, stürzte sie auf das Opfer sinnlicher Liebe und trieb es mit Schlägen aus der Hütte hinweg in den Wald.

Hier verbrachte das Oferle manchen Tag und manche Nacht weinend, klagend, hungernd und frierend.

Wie ein verwundetes Reh irrte es tagsüber durch die Wälder, hilflos und allein, und nachts lag es schlaflos auf weichem

Moosbett, und die Nachtvögel krächzten ihm ihre schauerlichen Totenmelodien.

Zwar kam der Wildschütz bisweilen tröstend zu ihm; aber vergeblich war sein ehrlich Mühen, seinen und des Oferles Fehler gut zu machen durch gesetzliche Bande und Vorschriften.

Jetzt sollt' er sie erst recht nicht haben, so lange das Weib mit den dünnen Lippen lebte in der Waldhütte. So hatte dieses selbst beschlossen.

In jenen Tagen, da das Oferle in des Weibes schwersten Zeiten im Wald umherirrte, war es noch nicht Mode wie heutzutage, ohne den Willen der Eltern zu heiraten, zu heiraten auf nichts anderes hin als auf eine Bescheinigung des Standesbeamten.

Drum duldete das Oferle und unterwarf sich in Gehorsam dem tyrannischen Willen einer erbarmungslosen Mutter. – Es gehört eine starke Naturgabe dazu, um das zu ertragen, was das Meidle in der Waldhütte zu ertragen hatte an Mißhandlungen, Beschimpfungen und Verstoßungen, und was es zu leiden hatte in den einsamen Nächten im Walde.

Ich habe mit allen Menschen, die ein schweres Verbrechen begangen haben, Mitleid, weil man nie recht weiß, wie diese meist erblich belasteten Unglücklichen so geworden sind, und ich wundere mich nicht, daß die berühmtesten Verteidiger sich um die schwersten Verbrecher am liebsten annehmen. Ich würde es auch tun, wenn ich ein gewandter Rechtsanwalt wäre, und habe diese Leute schon oft beneidet um ihre schöne Aufgabe in solchen Fällen.

Am meisten Mitleid aber habe ich mit den »Kindsmörderinnen«. Es ist das ein furchtbares Wort; aber selten denkt jemand ernstlich daran, welch' furchtbare Leiden und Kämpfe in der Seele einer solchen Mutter vorhergingen und wie Angst, Furcht und Verzweiflung in ihr aufwogten, bis sie zur entsetzlichen Tat schritt.

Ich würde darum in solchen Fällen als Verteidiger stets das Mitleid anrufen und für Unzurechnungsfähigkeit plädieren.

Daß unser Oferle trotz allem, was es zu leiden hatte, in seiner ost verzweiflungsvollen Lage nicht zur Verbrecherin wurde, spricht für die Stärke seines Seelenlebens. –

Und nun überschlagen wir zwanzig Jahre. Es ist dies eine kurze Zeit im Menschenleben, und doch ändert sich in dieser kurzen Frist unendlich vieles, vieles in der Welt, in jedem Dorf und in jeder Familie und im Leben des einzelnen Menschen.

5.

Es ist – die zwei Jahrzehnte später – Sommer im Lande, da wir aus dem Walde heraustreten wollen in die Lichtung, auf welcher die Hütte des Fohrengrund-Xaveris steht.

Tiefe Stille herrscht ringsum. Man könnte meinen, die Sonne, die mild und klar auf die Matten und auf die strohbedeckte Hütte ihr Licht wirft, scheine auf einen Kirchhof im Walde.

Nirgends ein Laut, selbst die Vögelein schweigen, und nur das Brünnelein vor der Hütte rollt hörbar sein Wasser in den ausgehöhlten Tannenbaum, der ihm als Trog dient.

Wir nähern uns der Hütte. Kein Hündlein bellt. Sie scheint ausgestorben. Wir steigen die alte hölzerne Treppe hinauf und gucken, auf der Fensterhöhe angekommen, in die Stube.

Da sitzt am großen Kachelofen ein altes Weib, vor ihm steht ein Spinnrad. Sie hat trotz der Sommerszeit gesponnen, denn sie ist nichts mehr zur Arbeit in Feld und Wald und spinnt jahraus jahrein.

Der Ofen ist warm vom Kochen des Mittagessens her, und warm scheint die Sonne durch die kleinen, geöffneten Schiebfensterchen. Diese doppelte Wärme hat der Alten Schlaf gemacht. Sie ist eingeschlummert. Wirr drängt ihr weißes, volles Haar aus dem farbigen Tuch hervor, das sie über den Hinterkopf gebunden, und aus ihren scharfen, verwetterten Zügen spricht ein harter Geist.

Neugierige Fliegen schleichen über ihre braunen Hände und spielen in ihrem weißen Haar. Sie fühlt es nicht. Nur leise zuckt bisweilen eine Hand, wenn eine Fliege zu kräftig auftritt.

Neben ihr auf der Ofenbank schlummert die Hauskatze in einem Fleck Sonnenschein, der bis auf die Bank gedrungen ist.

Da kommt von der Rückseite der Hütte, die dem Walde ganz nahe liegt, aus diesem ein junges, schlankes Mädchen mit rabenschwarzem Haar. Es hat Reisig gemacht droben unter den Tannen, ist jetzt fertig und will heim zum »Vierebrot«.

Rasch tritt es in die Stube. Die Alte fährt aus ihrem Schlummer auf, reibt sich die Augen, erblickt das Meidle und brummt: »Wenn ich amol schlofe könnt, mueß eins von euch mich wecken. Seit diese junge Brut im Hause ist, ist aller Segen und alle Ruhe fort. Was willst du? Geh nous und schaff!«

»I hab' bisher g'schafft, Großmuatter,« entgegnete bescheiden das Meidle. »I bin fertig mit Reiswellen machen, will ein Vierebrot nehmen und dann nous zur Muatter und zur Gertrud und ihnen helfen im Erdäpfelfeld.«

»Du brauchst nichts z'Viere, Ihr wollt immer essen und trinken und seid das Leben nit wert. Warum hast mich g'weckt, jetzt darfst ou nit in der Stube bleibe. Fort und schaff, i mueß no eins schlafen, damit ich den Kummer vergeh', den ihr und eure Mutter mir schon seit zwanzig Jahren gemacht habt!«

Das Meidle schwieg. Es war ja diese Redensarten gewohnt von Kindheit an. Es ging hinaus in die Küche und aß unter Tränen ein Stück schwarzes Brot. Dann ging es hinüber auf den Erdäpfelacker, wo die Mutter und die Schwester an der Arbeit waren, und erzählte, wie die Großmutter wieder wüst sei. Die Mutter – wir kennen sie, es ist das Oferle – tröstet das Meidle: »So ist sie halt, die Großmutter, und so bleibt sie. Hätt' sie g'wollt, so wäret ihr ehrliche Kinder und hättet einen Vater. Aber sie hat's nit geduldet und hat jetzt noch kein Einsehen. In guten Stunden reut sie's, aber die guten Stunden sind selten bei ihr.«

Das Oferle ist alt geworden. Es geht den Fünfzigern zu, und wir dürfen es jetzt ruhig Afra nennen. Seine Haare sind grau, sein Blick verdüstert, seine Züge welk.

Die Meidle sind Zwillinge. Das kleinere, Gertrud, schlägt der Mutter nach; das größere, schwarze, ward Walburg getauft und sieht dem Vater gleich.

Der »Fohrengrund-Xaveri« ist längst tot. Die Kinder seiner Tochter waren noch klein, als er sich zum Sterben niederlegte.

Und Toni, der Wildschütz, ist fast ebenso lang verheiratet, als der Xaveri tot. Droben in jener einsamen Waldecke, eine halbe Stunde vom Fohrengrund, wo die Waldhäusle stehen, hat er sich eine Hütte gekauft und eine andere Tochter des Landes heimgeführt, nachdem er jahrelang vergeblich sich bemüht, das Oferle zu bekommen.

Die beiden Kinder aber wuchsen auf in Scheu und Schwermut, weil die Großmutter es auch sie entgelten ließ, was ihre Mutter gefehlt, und weil die finsteren Stunden, welche diese einst im Wald verbracht, auch in der Kinder Seelen unheimliche Keime hinterlassen hatten. Sie waren schon freudenlos, da sie noch in die Schule gingen, und scheu, wie flüchtige Rehlein, kehrten sie jeweils vom Dorfe herauf heim ins Haus der bösen Großmutter.

Groß geworden, leben sie mit ihrer Mutter ein hartes Leben; nirgends winkt ihnen Freude, nirgends Hilfe. Ueberall begegnen sie kalten, herzlosen Menschen.

Während sie so an jenem Sommertag im Erdäpfelacker an der Arbeit sind, ruft plötzlich über ihnen vom Waldrand herunter eine rauhe Männerstimme: »Aus dem Weg, es kommt Holz!«

»Um Gottes willen,« jammert die Afra, »jetzt lassen sie schon wieder Holz los, um uns die Felder zu verderben!«

Sie ruft hinauf: »Rieset euer Holz, wenn wir unsere Erdäpfel und unsern Haber daheim haben, und macht armen Leuten keinen Schaden!«

»Schweig still, du alte Vettel, mit deine zwei Bankerten (Bastarden)! Wenn wir Bauern euch noch fragen müßten, wann wir unser Holz riefen wollen, hätten wir viel zu tun,« – gab, der gerufen, als Antwort zurück.

Im gleichen Augenblick ließ er eine Tanne los, und der Stamm sauste, alles niederwerfend, über die Aeckerlein der armen, hilf- und rechtlosen Wibervölker, die sich kaum noch flüchten konnten.

Seufzend und weinend verlassen sie ihren Acker und ziehen heim. Der Bauer aber sendet rücksichtslos seine Tannen weiter zu Tal.

Solche Roheiten waren nicht selten, und öfters schon war die Afra mit ihren Kindern so beschimpft worden, weil sie gebeten, ihr Eigentum zu verschonen.

Rechtshilfe suchte sie nie, die stille Dulderin, weil sie die Prozesse und die Herren fürchtete und lieber Unrecht litt, als klagte.

Daheim in der Waldhütte keine Ruhe, draußen um der Geburt willen verachtet und rechtlos den Gewalttaten roher Menschen preisgegeben, das tat weh, und dieses Weh senkte sich mehr und mehr in die Herzen der zwei Meidle.

Die Afra war versteinert im Leid seit vielen, vielen Jahren, und sie trug es nicht so schwer, was sie und die Meidle zu dulden hatten, wie ihre von Jugend auf freudelosen Kinder.

Doch vergingen noch einige Jahre, ehe deren Seelen übervoll waren von Leid und von des Daseins Oede.

Zuerst ward die Walburg von unheimlicher Krankheit ergriffen. Schon als Kind war sie am liebsten für sich allein, und man durfte ihr nichts in den Weg legen, ohne daß es stürmte in ihrer Seele. Später war sie stiller geworden, bis, was längst unter der Asche geglimmt hatte, nach Jahr und Tag Flammen schlug.

Sie begann oft mitten in der Arbeit aufzuhören und zu klagen: »Ich bin krank, aber mir kann kein Doktor helfen.«

Sie wird unruhiger und unruhiger und findet nirgends mehr Frieden: sie jammert und klagt unaufhörlich.

Die Afra nimmt sie hinab in die Dorfkirche und betet mit ihr und für sie. Auch hier findet das arme Meidle keine Ruhe. »Aus dem Tabernakel hat das hochwürdigste Gut so rot an es hin geglitzert, – daß es fort mußte und fortan nimmer in die Kirche gehen will.«

Jetzt wandert die Mutter mit der »hintersinnten« Tochter das Tal hinab und nach Wolfe, wo der Arzt den rechten Rat gibt, mit ihr nach Illenau zu gehen. Das Meidle gehöre in eine Anstalt.

Das will aber weder der Afra, noch der Walburg einleuchten; denn in ein »Narrenhaus« geht niemand gern, weil diese Häuser dummerweise im Verruf stehen und in Verruf bringen. –

Wenn die Leute im Kinzigtal kein ander Mittel mehr wissen, nehmen sie ihre Zuflucht zu meinem Freund, dem Hättichsbur am Billersberg im einstigen Reichstal Harmersbach.

Des Buren Ruf ist längst auch weit hinauf ins obere Kinzigtal gedrungen und bis in den Fohrengrund. Drum machte die Afra mit dem kranken, schwermütigen Meidle noch den weiten Weg hinab zum »Kräuter-Dokter«, wie die oberen Kinzigtäler den Hättichsbur heißen.

Der alte Sympathiemann meinte, er wolle dem kranken Meidle zwar einen Tee verschreiben, aber er werde wohl nicht mehr viel helfen.

Hoffnungslos wanderten die zwei wieder dem Fohrengrund zu. Die Großmutter muß die Walburg hüten, während die zwei andern draußen arbeiten. Die alte Franziska beginnt jetzt erst Mitleid zu haben mit dem ungeduldigen, kranken Meidle und gibt ihm gute Worte, damit es daheimbleibe, während die Krankheit ihm keine Ruhe läßt in der Hütte. Es will, wie einst die Mutter, hinaus und sein Weh ausstürmen lassen in Wald und Heide.

Eines Morgens – die Afra und die Gertrud sind im Felde – entkommt die Walburg und verschwindet im Wald. In dem gleichen Wald, in dem einst ihre Mutter qualvolle Tage und Nachte verbracht, irrt jetzt auch, vom bösen Geist der Schwermut geplagt, ihr Kind umher.

Die Afra eilt in die Waldhütten der Nachbarschaft und holt Männer, die ihr die Walburg suchen helfen.

Zwei Mannsleute kommen und durchstreifen den Wald, oben und unten, rechts und links, aber sie finden nichts. Voll Angst läuft die Afra hinab ins Tal und holt die »Sicherheit«, d. i. den Ortsdiener, und den Bürgermeister.

Während die Leute im Wald beraten, wo das Meidle sein könnte und was es sich angetan haben möchte, sitzt dieses ganz in ihrer Nähe in einem Busch und hört und sieht alles. Plötzlich ruft es aus seinem Versteck: »Ihr könnt mir alle nit helfen!«

Als daraufhin die Männer ihm nahen, springt es tiefer in den Wald. Jene setzen ihm nach wie einer verwundeten Hindin die Rüden des Jägers. Sie fangen das in der Seele zum Sterben kranke, tief aufgeregte Meidle und bringen es heim zur Mutter und Großmutter.

Was mag alles durch die Seelen dieser beiden geströmt sein, als starke Männer das jetzt wie rasend gewordene Kind brachten und die Nacht über unter Aufwand all ihrer Kraft bewachten!

In der Frühe laden sie die Geisteskranke, da sie jeden Schritt verweigert, auf einen Karren und führen sie durch den Wald hinab zum Kaibauer im Kaibach. Die Mutter und die Schwester, die Gertrud, gehen trostlos hintendrein.

Der Kaibauer hat ein Pferd und ein Wägele und soll das Meidle zur Bahn führen hinab nach Schilte. Es kostet Gewalt und Drohungen, die Walburg aufs Wägele zu bringen; doch gelingt's endlich. Die Mutter und der Vater der Gemeinde, der Bürgermeister, setzen sich zu ihr, und fort geht's zur Bahn und dann weiter ins Land hinab »ins Narrenhaus«.

Sechs Monate lang war die Walburg drunten in Illenau, im stillen Asyl für Seelenkranke, und fand, wie so viele, Heilung in diesem Teiche Bethesda.

Schnee lag über Berg und Tal, da sie heimkam in die weltferne Waldhütte.

Das »wüste Wesen« war gewichen, doch ist die Schwermut noch in den Augen zu lesen.

Aber der Dämon Geisteskrankheit schlich schon, ehe sie heimkam, wieder um die Waldhütte und suchte sich ein zweites unschuldiges Opfer. Teuflische Gesellen halfen ihm dabei.

Es war Sommerszeit. Die Vögelein sangen in den Tannen und Föhren, und die Bienlein kosten summend um die köstlich duftenden Waldblumen. Von der Hütte durch eine Matte getrennt, steht am Waldrande das »Immenhäusle« einsam und allein.

Der Xaveri hatte es noch errichtet und die ersten Immen (Bienen) vom Tal herauf gebracht, wo er daheim war, damit er an Sonntagnachmittagen sich die Zeit vertreiben konnte, indem er den Bienen zu- und nachschaute.

Die Afra hatte es von ihm gelernt, wie man die Immen behandle, und drum war das Häusle mit den Bienenkörben beibehalten worden auch nach des Vaters Tod.

Im Sommer, wenn die Bienen schwärmen, d. h. wenn das junge Volk auszieht, um einen eigenen Bienenstaat zu bilden, muß man die Körbe hüten, damit man sieht, wo der Schwarm hinfliegt, und ihn dann »schöpft«.

Eines Tages nun – es war ein Sonntagmittag – sprach die Afra zur Gertrud: »Gau (geh) runter ins Immehäusle und hüet; d' Imme im dritte Korb wollet schwärme, i vermach's ihnen scho zwei Täg, Sie könnet jede Stund ousfliege.«

Die Gertrud geht über die Matte hinab ins Häusle und setzt sich hinter die Bienenkörbe, wo es summt und brummt im warmen Frühlingssonnenschein. Die Bienlein kamen und gingen, und das Meidle schaute ihnen ahnungslos zu.

An den Sonntagen jener Zeit schwärmten auch andere Völker in den Bergen des oberen Kinzigtales. Die Kultur baute sich einen Schienenweg an den einsamen Gehöften drunten im Tale hin, und diejenigen, welche ihn bauten, waren Italiener. Diese hatten sich in den entlegensten Hütten Quartiere gesucht und gefunden.

Weit oben über dem Fohrengrund in den Waldhäuslen hatten ihrer einige Nachtherberge.

Es sind sonst meist ebenso brave als fleißige Leute, diese Kinder des Südens, aber es gibt auch Strolche unter ihnen, wie unter uns. Doch die Strolche unter ihnen haben einen Milderungsgrund, der bei uns nicht gilt – das heißere Blut.

Ein solcher Strolch aus dem Süden hatte seine Herberge in einem der Waldhäuser, wo auch Toni, der Wildschütz, wohnte.

Dieser war ein braver Mann geworden, Vater von elf Kindern, die wie ihre Mutter freundlich mit der Afra und ihren Meidlen verkehrten, wenn sie aus der Waldecke herab am Fohrengrund vorbeigingen der Kirche zu. Ja, die Buben des Toni halfen den einsamen Wibervölkern öfters bei Arbeiten, die einen Mann erforderten.

Die Meidle der Afra und die Buben des Toni wußten, daß sie blutsverwandt seien. Der Toni aber hielt sich aus edlen Gründen allzeit fern von der Waldhütte im Fohrengrund.

Unfern von seiner Hütte nun, ganz droben am Müllerswald, hausten der Italiano und sein Gesinnungsgenosse, eines Bauern Sohn, beide rohe, wüste Gesellen.

Sie überfielen die Gertrud, da sie ahnungslos im Immenhäusle dem Summen der Bienlein lauschte.

Das arme Meidle schrie aus Leibeskräften, so daß droben in der Hütte die Afra ihr »mörderisches Schreien« hörte und vor das Haus eilte.

Da kam ihr aber schon sprachlos vor Schrecken und Angst in zerrissenen Kleidern ihr Kind entgegengerannt. Sie war den liederlichen Gesellen entronnen, die ihr noch Steine nachwarfen und drohten.

Rechtlos, wie sie sich seit Jahren fühlten, ertrugen die Wibervölker in der Waldhütte auch dieses Attentat, ohne eine Anzeige zu machen.

Trübselig und still war aber fortan die Gertrud. Nur selten seufzte sie laut auf bei der Arbeit in Feld und Wald und machte ihrer Mutter das Herz schwer. Die Großmutter saß in der Stube und spann.

Der Sommer ging, der Herbst ihm nach. Der Winter kam und mit ihm die genesene Walburg.

Ihr Kommen war ein Freudensternlein in der Waldhütte, wo jetzt alle am Spinnrad saßen, Großmutter, Mutter und Kinder; denn draußen lag harte, kalte Winterszeit.

Die Walburg erzählte von dem Ort, wo sie gewesen, wie dort die Menschen so gut seien, so friedlich, so lieb und so einig. Wie sie Spinnstuben hielten, Theater spielten und auch bisweilen einen Tanz täten.

Sie erzählte aber auch, daß noch viel Unglücklichere dort gewesen seien als sie, solche, die jammerten und tobten Tag und Nacht und keine Ruhe fänden in ihrem schweren Leid.

Und die anderen lauschten den Worten der Walburg. Die Gertrud aber seufzte jeweils schwer und immer schwerer und meinte: »Dort hinunter muß ich auch noch, sonst ist mir nimmer zu helfen.« »Was schwätzest du, Meidle?« fuhr die Afra auf, »Du wirst mir um Gottes willen nit auch hintersinnig werden, wie die Walburg!«

»O Mutter,« seufzte die Gertrud, »mir ist schon lang so weh ums Herz, daß ich oft nimmer weiß, was tun. Wo ich bin, daheim, in Feld und Wald, ist's mir zu eng, als wollt' das Herz mir auseinanderbrechen und aus dem Leib heraus fortfliegen.«

Am andern Abend, ehe sie die Spinnräder wieder zusammenstellten, hatte sich die Gertrud aus der Hütte entfernt und war nicht mehr zurückgekommen.

Das Mondlicht stand über dem Schornwald, und man sah im tiefen Schnee ihre Fußtritte. Die Walburg und die Mutter gehen besorgt diesen Spuren nach, die durch den Wald führten der nahen württembergischen Grenze zu, wo einsam, von Wald umgeben, einige Hütten stehen und wo eine alte Freundin der Afra wohnt, die Mariann'.

»Die Gertrud ist gewiß bei der Mariann',« tröstete die Afra sich und ihre Begleiterin im Weiterschreiten durch den tiefen Schnee und den eiskalten Abend hin.

So war es. Bei der Mariann' trafen sie das Meidle und brachten es mit »Bitten und Betteln« dazu, mit ihnen heimzugehen.

Durch Wald und Schnee im kalten Mondlicht zog die Mutter Afra mit ihren zwei Kindern wieder heim. Aber hier wollte die Gertrud um keinen Preis bleiben. Sie müsse fort. »Heut' muß es sein!« rief sie und dazwischen immer wieder: »Lieber Heiland, liebe Muttergottes, helft mir!«

Fort will sie, fort in die kalte, schneeige Nacht hinaus, wo die eisige Luft ihre Nerven kühlt, und da die Mutter sie nicht gewähren läßt, fängt sie an zu schreien und zu toben, bis diese mitgeht, hinaus aus der Hütte, in der das kranke Meidle nur den Tod sieht.

Die Mutter sucht wieder Hilfe bei starken Männern und lenkt ihre Schritte nach der Richtung, wo solche wohnen.

In der nächsten Hütte ist keine Hilfe. Die dort wohnten, da die Afra noch jung war, sind längst gestorben, und ihre Tochter ist alt geworden und auch geisteskrank. Sie wohnt ganz allein im alten, zerfallenden Holzhaus am Wald, und wenn jemand naht, flieht sie in den Wald oder schließt sich ein.

Drum zieht die Afra mit ihrem Meidle an der einsamen Hütte vorüber, denn bei der Genofev ist kein Rat zu holen: sie ist selber krank und will von keiner menschlichen Seele was wissen, nicht einmal vom Pfarrer drunten im Tal.

Der Mond scheint so friedlich und die Sterne glitzern so lebensfroh auf Schnee und Tannen und auf die Mutter und ihr Kind, wie sie weiter schreiten bergauf, wo Hütten sind und Männer wohnen in den Waldhäusern.

Das kranke Meidle jammert, es sei müde und komme fast nimmer fort in dem tiefen Schnee.

»Wollen wir wieder umkehren und heim?« fragte die Mutter.

»Nein, nein!« ruft das Kind, »daheim ist alles tot!« und nimmt seine schwachen Kräfte wieder auf und schwankt weiter, die Mutter voll Wehmut ihm nach.

Sie kommen bald an die erste Hütte der Waldhäuser. In ihr wohnt Toni – der Wildschütz – der Vater.

»Soll ich dich zum Vater bringen?« fragt leise und schmerzlichen Tones die Afra. »Es brennt noch ein Lichtlein in der Stube.«

»Zum Vater?« fragt die Gertrud, »Nein, nein – ich habe keinen Vater. Fort, fort! Es ist alles tot!«

Sie keuchen weiter in Schnee und Mondschein – still und schweigend wie die silberne Nacht, durch die sie hinschreiten.

Dachte sie wohl im Weitergehen, die arme, schwergeprüfte Afra – an jenen duftigen Sommermorgen, da sie durch den Tau ging, um zu grasen, und der Wildschütz ihr das Lied sang:

> Es wollt' ein Mädchen grasen,
> Wohl grasen im grünen Klee,
> Da kam ein stolzer Jäger,
> Wollt' jagen in der Höh' –?

Und wenn sie jenen tauigen Morgen am Waldrand verglich mit der heutigen kalten Winternacht und an all das Leid dachte, das zwischen dem Morgenrot jenes Tages der aufgehenden Liebe und zwischen der jetzigen kalten Mondnacht und der Seelenangst ihres Kindes lag, was mußte da in ihrer Seele vorgehen!

Zum Glück für sie pflegen Waldleute nicht zu philosophieren, sonst wären sie oft auch so unglücklich wie die Kulturmenschen, wenn sie Einst und Jetzt vergleichen wollten.

Leute aus dem Volke tragen eben die Last des Lebens, wie sie kommt. Gewöhnt an harte Arbeit und an harte Lebensweise, nehmen sie auch die harten Tage mit auf die Schultern und schleppen sich weiter in Leid und Schmerzen, geduldig wie Lasttiere, die gleichmäßig zufrieden sind, ob sie unbelastet bergab gehen oder schwerbeladen bergan.

Wie tief und wie übermächtig aber einst das Leid auf der Afra lag, das zeigen ihre Meidle, deren Seelen nicht mehr so stark waren wie die Seele ihrer Mutter, welche die Last des Lebens trug, aber die Spuren der Schwere auf ihre Kinder vererbte. –

Wieder erscheint eine Hütte im Mondlicht, das durch die Tannen glänzt. Die Afra klopft und bittet um Einlaß und um Hilfe für ihr krankes Meidle, das sich hintersinnt habe und daheim nimmer halten lasse.

In der Stube bricht die Kranke todmüd zusammen, aber aus ihren Augen leuchtet der Irrsinn. Sie betten sie auf die Ofenbank, und Männer, aus der Nähe noch herbeigeholt, übernehmen für die Nacht die Hut bei dem unglücklichen Meidle, an dessen Seite stumm und still die Mutter sich niedersetzt.

Die Buren, so wachen sollen, spielen Karten am Stubentisch. Gen Mitternacht erhebt sich das kranke Meidle von der Ofenbank, schreitet vor zu den Spielern und ruft: »Jesus, Maria und Josef! Was tut ihr? Beten müßt ihr und nit spielen, wenn ein Mensch so unglücklich ist wie ich!«

Und sie beten mit dem Meidle, die braven Spieler, bis es ruhig wird. Und so wachen und beten und spielen sie eine Nacht, einen Tag und noch eine Nacht.

Am Morgen des dritten Tages aber führen sie die Kranke hinab ins Tal und auf die Bahn und dorthin, wo auch die Walburg gewesen.

In der Irrenanstalt traf ich am letzten Februartag des Jahres 1894 die Afra und den braven Bürgermeister. Sie hatten das Meidle eben »abgeliefert«, und die Mutter erzählte mir ihr Leid und das Leid ihrer Kinder so anschaulich, so kindlich und so ergeben in ihr hartes Geschick, daß ich mein eigenes Elend vergaß, solange die kleine, alte Frau vor mir stand.

Sie kam mir aber in diesem Augenblick groß vor und stark wie eine Tanne, welche der Sturm schüttelt, die aber nicht bricht, sondern unentwegt immer wieder ihre Aeste gen Himmel richtet.

»Zwei Kinder hab' ich jetzt hierherbringen müssen. Es hätt' mir nit weher getan, wenn sie gestorben wären, Aber man muß es halt nehmen, wie Gott es schickt« – so schloß sie ihre Rede, als ich am Tore von Illenau von ihr Abschied nahm.

6.

Mehr als zwei Jahre sind seit diesem Abschied vorübergegangen. Der volle Frühling des Jahres 1896 war gekommen, und alles grünte und blühte selbst im Fohrengrund, aber ein kalter Regen strömte über Wald und Flur. Vor ihrer Hütte stand die Afra, ein rotes Tuch über dem greisen Haar. Sie schaute über die Matte hin, deren gelbe Blumen vom Regenwasser trieften.

Dort von jenen Fichten herüber schreite ich, der große Mann mit dem großen Hut. Sie erkennt mich alsbald wieder als den Herrn, dem sie in Illenau ihr Leid erzählt, und hat eine große Freude, daß er heraufkommt in den Fohrengrund, »au no bei so ama Wetter«.

Aus ihren kleinen Augen, die über der gebogenen Nase überaus gutmütig hervorschauen, leuchtet Friede, und nur die scharfen Linien im Gesicht erzählen von einstigen Stürmen und Wettern, welche schon über das kleine Weib hingegangen sind.

Sie führt mich die kleine Stiege hinauf. Schon im Hausgang, der direkt auf die dunkle Küche mündet, zeigte sich der Wohlstand der alten Waldhütte. Da hängen riesige Seiten Speck, so daß ich mich bücken muß, um unter ihnen durch in die kleine Stube zu gelangen.

Ehe diese erreicht ist, kommt aus der dunklen Küche raschen Schrittes und doch schüchtern wie ein Waldvögelein die Gertrud, ein kleines, blondes, rotbackiges Meidle, und reicht mir, auf den Boden schauend, die Hand zum Gruß.

In der kleinen, holzgetäfelten Stube frage ich zuerst nach der Großmutter. Aber die ist im vorigen Winter gestorben, eine hohe Achtzigerin, nachdem sie ihrer Enkelkinder Krankheit und Genesung noch miterlebt. »Gott gebe ihr die ewige Ruhe!« fügte die Afra hinzu.

Ehe ich noch nach der Walburg fragen kann, hat die Mutter die Gertrud schon fortgeschickt, um in den Wald zu rufen, wo jene Rinde schält von toten Fichten.

Bald, nachdem die Stimme der Schwester, die hinter der Hütte gerufen hatte, verklungen war, kam eilenden Schrittes die Walburg in die Stube, eine schlanke, dunkle Gestalt mit schwarzen, herabhängenden Zöpfen, nicht unähnlich einer Zigeunerprinzessin. Aus ihren schwarzen Augen schaut noch viel düsterer die Schwermut, als aus den blauen Augen der Gertrud.

Beide setzen sich neben mich auf die Holzbank, die an den Fenstern hin um den Tisch herumläuft, und ich sage ihnen, daß ich ihre Mutter kenne, seitdem sie das zweitemal in Illenau war, wo sie mir von ihren Meidlen erzählt hätte. Mitleid mit ihnen, deren Leid ich aus eigener Erfahrung nachfühlen könne, habe mich hierhergeführt.

Sie schweigen, ein schmerzlich Lächeln geht über ihre Züge, während sie vor sich hin auf den Boden schauen.

Indes hat die Mutter aufgetragen: Speck und Schinken und Striwle und Wein – aber ich esse nicht und kann nicht essen und die Meidle auch nicht.

Da hebt die Afra an und erzählt, was sie und ihre Kinder mitgemacht, erzählt nochmals alles, was wir wissen von ihren geistigen Qualen.

Und die Meidle sitzen da, zur Erde das Haupt gesenkt, wie Fruchtähren, wenn Hagelkörner über sie niedergehen.

Wie schmerzhafte Madonnenbilder schauen sie drein, während die Mutter spricht, und ein Schleier der Weh- und Schwermut legt sich dichter und dichter über ihre Züge.

Vergeblich such' ich, dem das Weh der Meidle in die Seele schneidet, die Afra zu unterbrechen. Ihr Herz ist zu voll, und es will und muß sein Leid nochmals ausströmen.

Mir kommen die Tränen, wie ich so die Afra und ihre Meidle vor mir sehe, die Mutter vom Leid redend, die Kinder es aufs neue fühlend und mit Tränen kämpfend. Ich reiche – als die Schmerzenskünderin geendet – ihr und der Walburg und der Gertrud die Hand und tröste alle drei, so gut und so schlecht ich's kann.

Es ist schwer zu trösten in Augenblicken, in denen man selbst des irdischen Lebens Trostlosigkeit inne wird und darüber weint. – –

Ich werfe dann einen Blick aus dem kleinen Fenster der Stube und sehe ein Waldbild und ein Friedensbild der Natur, so groß und so erhaben und doch so still und so friedlich, wie ich noch keines in meinem langen Leben geschaut habe.

Rings um die Hütte und um die Matten zu ihren Füßen erheben sich in dichtem Wald Tannen und Föhren, die wie friedliche Wächter das Heim der Afra und ihrer Meidle umstehen.

Und über den Tannen- und Fohrenbäumen schauen die düstern Kuppen hoher Waldberge majestätisch, wie Himmelsgrenadiere in dunklen Bärenmützen, auf Hütte und Matten.

Ich empfand Trost beim Anblick dieses Bildes. Die Natur tröstet uns ja gerne, wenn wir in aufgeregter Stunde uns in ihre Gottesruhe flüchten.

Mein Trost wuchs für die, welche hinter mir in der armseligen Stube standen, und für mich, als ich unten am Waldrande, beim »Immenhäusle«, einen mächtigen Kruzifixus stehen sah, der vergoldet heraufleuchtete bis in die Stube, wo vier Menschen weinten über Menschenleid.

Der Anblick des gekreuzigten Gottmenschen, des Mannes der Schmerzen, ist ja der einzige wahre Stern des Trostes für leidende Menschenkinder.

Drum hat die alte, selten lebensfrohe, schwer geprüfte Afra das Zeichen des Gekreuzigten mit dem Bilde des sterbenden Erlösers aufrichten lassen, neu und schön und mächtig und golden – zum Dank für der Kinder Heilung, und auf daß sein Trost leuchte und Licht bringe in die Hütte, in der eine arme Mutter wohnt mit zwei unglücklichen Kindern, einsam, weltfern, nachbarlos, und der niemand hilft, wenn Gott es nicht tut.

Und er hat geholfen. Die Afra erzählt's mir freudigen Herzens. Sie hat Holz geschlagen in ihrem Walde ob der Hütte, und es war viel Holz, viel mehr, als sie glaubte, und sie bekam viel Geld, mehr als sie wähnte. Und mit dem Geld hat sie nicht bloß die Kosten für die Krankheit der Meidle bestritten, sie hat auch ihr Gut, ihren Wald und ihre Matten und Aeckerlein vermehrt.

Die geisteskranke, mit der Afra noch verwandte Nachbarin hat voriges Jahr das Zeitliche gesegnet. Die Afra hat sie gepflegt, als sie krank war, sonst wäre sie Hungers gestorben, weil sie mit keinem Menschen verkehrte.

Die Genofev hat sich nie um der Afra und ihrer Kinder Leid bekümmert. Sie floh, wenn sie nahten. Aber die Afra kam doch, als sie die Fev nimmer sah und ihre Geißen schreien hörte vor Hunger, und stand der Base bei, auch als sie sterben mußte.

Und als diese tot war, hat sie die alte Holzhütte billig gekauft samt Wald und Feld, weil niemand in die Einöde und in das verschrieene Haus wollte.

»Unser Herrgott hat's wieder gut mit mir g'meint,« sprach die Afra, »drum hab' ich das neue Kruzifix auch noch vergolden lassen.«

Sie ist dankbar und glücklich, daß sie durch der Kinder Krankheit nicht um Hab und Gut gekommen, und lebt nun wieder zufrieden in ihrer Waldeinsamkeit mit den beiden stillen Meidlen. –

Wenn man das Waldbild sieht, in dem die Hütte der Afra steht, sollte man meinen, da oben müßten der Friede und das Glück gewohnt haben von Anbeginn an und bis heute. Wer hat aber allen Unfrieden und alles Leid in dieses Paradies gebracht?

Antwort: Amor, »der Gott des Unheils«, der an jenem Sommermorgen im Morgenrot die Seele der Afra traf in Gestalt eines Wildschützen.

Und heute kann das alte, kleine, greise Mütterlein sagen mit jenem alten Volkslied:

> An allen meinen Leiden
> Ist nur die Liebe schuld.

Ja, ja, es ist und bleibt die Liebe des Menschen Himmelreich und des Menschen Hölle – diesseits und jenseits.

»Der Gott des Unheils,« welcher der jungen Afra einst zum Verderben war und ihre Kinder in dies Verderben hineinzog, wird der Walburg und der Gertrud nimmer schaden.

Seit sie geisteskrank gewesen, läßt die Welt sie in Ruhe. Auch die Roheit einzelner Bauern, unter der Mutter und Kinder so manches zu leiden gehabt, ist einem gewissen Mitleid gewichen.

Und die drei einsamen Wibervölker sind froh, von anderen Menschen wenigstens nicht mehr geplagt zu werden.

Freilich das Hündlein, das die Afra gehabt und das wachen sollte in nächtlichen Stunden über die vereinsamten und nachbarlosen Bewohner der Waldhütte, haben sie wegtun müssen.

Ein böser Mensch wollte sie verklagen, weil das Hündlein seinem Kind den Rock zerrissen habe, obwohl dies nicht der Fall war und der Kerl es nur behauptet hatte, um von der guten Afra Geld zu erpressen.

Sie tat das Hündlein weg, damit nicht wieder falsche Anklagen kommen und sie vor »die Herren« müßte.

So sind die drei ganz vereinsamt und unbewacht, und wenn Gott sie nicht schützt, sind sie wehrlos gegen jeden Ueberfall in ihrer Einöde, in die heute kein junger Jägersmann mehr kommt, noch viel weniger ein Freiersmann für die Meidle.

Und im Winter, wenn die Füchse bellen im Wald und in die kalte Schneenacht der Uhu ruft, läßt sich kein Liebeslied mehr hören von einem Wildschützen, wie ehedem.

Die Meidle aber können, wenn sie vom Morgen bis zum Abend in der Stube sitzen, am Spinnrad das schöne, alte Lied singen:

Mägdlein hielt Tag und Nacht
Traurig an dem Spinnrad Wacht:
Draußen rauschend 's Wasser sprang.
Saust' der Wind und 's Vöglein sang.

Röslein man holt im Hag,
Mich doch niemand holen mag!
Zeiten flieh'n – auch dieses Jahr
Führt mich keiner zum Altar.

Spinn, spinn, spinn Tochter mein,
Morgen kommt der Freier dein!
Mägdlein spann, die Träne rann,
Nie doch kam der Freiersmann.

So werden sie leben und ihres Daseins nimmer froh werden, die zwei Meidle, weil die Schwermut noch immer in ihren Seelen liegt,

– leben, bis der wahre, echte Freiersmann kommt, der Mann, der uns alle befreit von allen irdischen Leiden.

Ja, der Tod ist der beste Bräutigam für Unglückliche, denen hienieden keine Hoffnung mehr winkt, und der einzige Wohltäter, den uns niemand rauben kann, der keinem untreu wird und der keinen vergißt. –

Auch nach der Mariev erkundigte ich mich, der treuen Schwester des Oferle, von der wir seit ihren jungen Jahren nichts mehr gehört haben.

Sie war glücklicher als die Afra. Sie bekam ihren Romme (Roman), der eine Hütte und ein Gütle besaß im Tannengrund, nur durch einen Wald getrennt vom Fohrengrund.

Ihr Leben verlief, wie das aller Wibervölker auf dem Lande, in Arbeit, Mühe und Sorge. Neun Kinder hat sie geboren und großgezogen. Und als ihr Mann starb, übergab sie Hütte und Gütle einem Sohn und zog hinab ins Dorf in die »Zigeunergaß«. Hier lebt sie von dem, was der Besitzer der Hütte im Tannengrund ihr gibt als spärlich Leibgeding und was sie noch nebenher verdient mit ihrer Hände Arbeit. Aber in ihren alten Tagen ist der Geist ihrer Mutter über sie gekommen. Sie gilt für bös und selbst für eine Hexe. Drum will sie fort aus der fatalen Zigeunergaß und in die leere Hütte ziehen, in der die geisteskranke Base gewohnt hat und die jetzt der Afra gehört. –

Gerne wäre ich noch weiter hinaufgestiegen an den Fichtenwäldern hin und hätte die Hütte besucht, in welcher Toni, der Wildschütz, seine alten Tage verlebt. Aber es regnete in Strömen, und ich war im Herzen übervoll, da ich Abschied nahm von den Dreien in der Waldhütte im Fohrengrund.

Ich ging bergab, nachdem ich versprochen hatte, jeder ein Gebetbuch zu schicken und, wenn möglich, wieder einmal zu kommen.

Das war am 9. Juni 1896. Wenige Monate später haben sie den Toni begraben. Als die gute Afra hörte, er sei schwer krank, sandte sie ihm, seine Fieberhitze zu kühlen, durch die Gertrud eine saure Milch.

Die kleine, aber gutgemeinte Gabe freute den todkranken Mann von Herzen, weil sie von einem guten Herzen kam, dem er seit vielen, vielen Jahren ferne gestanden.

Und da es zum Sterben ging und er in den letzten Zügen lag, schickte sein Weib jemanden hinüber in die Hütte im Fohrengrund mit der Kunde, »es gehe mit dem Vater zum Letzten«.

Jetzt wollte die Afra die beiden Meidle hinaufschicken, um beten zu helfen.

Die Walburg weigert sich; sie will daheim und in der Kirche für ihn beten, weil er ihr Vater sei, aber zu seinem Sterben gehe sie nit.

Jetzt geht die Gertrud allein. Als sie hinaufkommt in die Hütte, meint des sterbenden Mannes Weib, er werde das Meidle nimmer kennen, denn »er sei schon von sich«.

Doch rief sie ihm zu: »Kennst du den Besuch?« Der Toni schlagt die Augen auf und antwortet: »Jawohl!« Sein Weib fragt weiter: »Sag mir, wer ist es?«

Jetzt faltet der Sterbende die Hände und spricht laut weinend: »O Gertrud, o Gertrud!« Dann verschied er. Dem Meidle aber ging dies so zu Herzen, daß es tief aufgeregt heimkam und es wieder stürmte in seiner kranken Seele. – Ich habe früher schon, in meinem Buch »Aus kranken Tagen«, gesagt, daß die Landleute im oberen Kinzigtal noch viel unbeleckter seien von der Kultur, als die um Hasle. Sie bewahren deshalb auch Poesie und Volkstum noch viel reiner als ihre Nachbarn an der mittleren Kinzig.

Drum zeigen sie bei ihren Toten auch noch viel mehr Gemüt als diese.

Sie geben dem Verstorbenen ins Grab das schönste Kleid, womöglich das von der Hochzeit her. Der Sarg wird offen gelassen, bis der Leichenzug beginnen soll.

Ehe der sich in Bewegung setzt und der »Totenbaum« geschlossen wird, tritt noch jedes Glied der Familie einzeln, dem Alter nach, vor »das Tote« hin, ergreift seine kalte, rechte Hand und nimmt stummen Abschied von ihm.

Die Mienen und die Tränen reden genug.

Dann betet der Aelteste der nächsten Verwandten laut fünf Vaterunser und Ave Maria vor mit dem jeweiligen Zusatz: »Der für uns an der rechten Hand verwundet worden ist.«

Darauf schließen sie den Totenbaum und begleiten ihn hinab ins Tal, wo um das Kirchlein die Gräber sind. Und sie vergessen ihre Toten nicht. Nach jedem Gottesdienst, dem sie beiwohnen, sei es Sonntag oder Werktag, beten sie über ihren Gräbern, die sie nicht etwa bloß einmal schmücken im Jahr, am Allerseelentag. Nein, jeden Feiertag, solang es Blumen gibt, werden die Ruhestätten bei der Dorfkirche geziert, damit, wie die Lebendigen im Sonntagsstaat einherwandeln, auch die Gräber ihren Schmuck haben.

So begruben sie auch an einem Herbsttag des Jahres 1896 den braven Toni, der gottergeben und mit Gott versöhnt sein Leben beschlossen.

Es war ein langer Abschied, bis sein Weib und seine elf Kinder ihm das letztemal ins tote Angesicht geschaut und seine tote Hand gedrückt hatten.

Von der Waldhütte im Fohrengrund war niemand heraufgekommen; sie konnten und wollten dem toten Mann nicht am Totenbaum so nahe stehen, wie die andern.

Aber als der Leichenzug von oben herab kam, da schlossen sich die Afra und die Gertrud an. Die Walburg hütete daheim und betete in der einsamen Waldhütte auch für die ewige Ruhe – ihres Vaters.

*

Am 22. November 1904 haben sie in Schenkenzell auch die Afra der Erde übergeben.

Aber noch im Tode verfolgte sie das Geschick. Der Mesner von Schenkenzell ist zugleich Ratschreiber. Während nun die Afra zu Grab getragen wurde, hatte er auf dem Rathause zu tun, weil ein Brautpaar die Zivilehe eingehen wollte.

So unterblieb das übliche Läuten bei der Beerdigung, und ohne Sang und Klang senkte man die Dulderin in die Erde.

Ihre Kinder, die Walburg und die Gertrud, kränkten sich sehr über die Zurücksetzung ihrer Mutter und waren nicht wenig aufgeregt darüber.

Nun leben sie ganz einsam droben auf dem Fohrengrund und bewirtschaften allein das kleine Gut, das die Mutter ihnen hinterlassen hat.

Einsam leben sie dort und einsam werden sie dort auch sterben. Gott schütze sie in ihrer Einsamkeit und Verlassenheit! –

Über tredition

Eigenes Buch veröffentlichen

tredition wurde 2006 in Hamburg gegründet und hat seither mehrere tausend Buchtitel veröffentlicht. Autoren veröffentlichen in wenigen leichten Schritten gedruckte Bücher, e-Books und audio-Books. tredition hat das Ziel, die beste und fairste Veröffentlichungsmöglichkeit für Autoren zu bieten.

tredition wurde mit der Erkenntnis gegründet, dass nur etwa jedes 200. bei Verlagen eingereichte Manuskript veröffentlicht wird. Dabei hat jedes Buch seinen Markt, also seine Leser. tredition sorgt dafür, dass für jedes Buch die Leserschaft auch erreicht wird.

Im einzigartigen Literatur-Netzwerk von tredition bieten zahlreiche Literatur-Partner (das sind Lektoren, Übersetzer, Hörbuchsprecher und Illustratoren) ihre Dienstleistung an, um Manuskripte zu verbessern oder die Vielfalt zu erhöhen. Autoren vereinbaren direkt mit den Literatur-Partnern die Konditionen ihrer Zusammenarbeit und partizipieren gemeinsam am Erfolg des Buches.

Das gesamte Verlagsprogramm von tredition ist bei allen stationären Buchhandlungen und Online-Buchhändlern wie z. B. Amazon erhältlich. e-Books stehen bei den führenden Online-Portalen (z. B. iBookstore von Apple oder Kindle von Amazon) zum Verkauf.

Einfach leicht ein Buch veröffentlichen: **www.tredition.de**

Eigene Buchreihe oder eigenen Verlag gründen

Seit 2009 bietet tredition sein Verlagskonzept auch als sogenanntes "White-Label" an. Das bedeutet, dass andere Unternehmen, Institutionen und Personen risikofrei und unkompliziert selbst zum Herausgeber von Büchern und Buchreihen unter eigener Marke werden können. tredition übernimmt dabei das komplette Herstellungs- und Distributionsrisiko.

Zahlreiche Zeitschriften-, Zeitungs- und Buchverlage, Universitäten, Forschungseinrichtungen u.v.m. nutzen diese Dienstleistung von tredition, um unter eigener Marke ohne Risiko Bücher zu verlegen.

Alle Informationen im Internet: **www.tredition.de/fuer-verlage**

tredition wurde mit mehreren Innovationspreisen ausgezeichnet, u. a. mit dem Webfuture Award und dem Innovationspreis der Buch Digitale.

tredition ist Mitglied im Börsenverein des Deutschen Buchhandels.

Dieses Werk elektronisch lesen

Dieses Werk ist Teil der Gutenberg-DE Edition DVD. Diese enthält das komplette Archiv des Projekt Gutenberg-DE. Die DVD ist im Internet erhältlich auf **http://gutenbergshop.abc.de**

Zeitfracht Medien GmbH
Ferdinand-Jühlke-Straße 7
99095 Erfurt, Deutschland
produktsicherheit@kolibri360.de